文芸社

チェンジ・ブラインドネス

目次

プロローグ　7
出会い～別れのはじまり　10
楓と父親の決別　25
ＡＩアミ　28
アミの姉　38
楓の父親～その横顔　52
前兆　60
事件発生　62
〝協犯〟する二人　68
ニュース速報　76
再会　82

恋するＡＩ　90
二度目の約束　104
アミの独白　110
潜入調査開始　117
考察　137
真相解明　145

エピローグ　171

あとがき　174

プロローグ

当時大学生だった桐生春が、指名手配の殺人犯ＡＩアミを追跡していったきっかけは、そのＡＩが疎遠になった幼馴染みの真田楓と瓜二つだったことだ。アミは世界初の『人』として権利を与えられた自律思考型ロボットであり、国立ロボット技術開発局の局長真田正敏博士によって作られた人工知能プログラムである。

世界が注目するＡＩアミには、他のロボットと大きく異なる点として、「感情」を持つことが挙げられる。ありとあらゆる事象に対して膨大なデータから検索し、答えを導き出すだけでなく、ルールや法則とは異なる反応を示す。

必ずしも正しい答えではなく、自分が考え、正しいと思うから行動する。打ち込んだ数式を正しく計算できることだけが求められるのならば、「感情」は不必要である。

「感情」が必要となる状況、それは誰かに命令を受けていない場面で自らの意思で行動するときだ。通常、機械は何かしらの命令を受諾した上で、動き始める。

決してロボットは自らの意思で計算したり、分析したりすることがあってはならない。

プログラムや人間の指示を受けて、疑問に思ったり、拒否したりすることなく、ただ与えられた役割を果たすことが求められている。

人間・ロボットにかかわらず、言わなくても通じることは決してなく、行動と理由、その二つを言葉にして初めて「相手に伝わる」のである。人間とロボットの違いは何であるか。それは自ら考え、相手を想い、行動し、伝えられるかどうかだ。

ＡＩアミは法に守られた一個人、我が国における国民として生きる新たな生命体として誕生した。しかし、なぜアミが誕生したのか、本当の理由を知る者は、生みの親である真田正敏博士によって秘められていた。現在において、ＡＩが人になる時代が到来したという事実以外、誰も知る由もなかった。

「ＡＩが人になる時代か。それにしても真田博士……？」

春は大学の図書館に設置されている新聞コーナーに立ち寄り、流し読みをしていると気になる見出しが目に留まる。『世界初、心を持つロボットが日本で誕生か』という見出しの下に、見覚えのある男性の顔写真が掲載されていた。

その男性のプロフィール文に目を通すと、国立ロボット技術開発局という、春が中学生の頃から知っている施設の記述を発見した。あそこには家族を顧みずＡＩの研究に一生を捧げる、とある父親がいる場所であり、春は嫌悪感を抱いていた。

「あの人が人間の心を……どんな皮肉だよ」

春は口の中が酸っぱくなり、思わず新聞から視線をそらしてしまった。二度と思い出したくもない悪夢が蘇る。若気の至りでは到底済まされない所業を犯した、中学生時代の自分を呪いたくて仕方なかった。

出会い～別れのはじまり

初夏を迎え、街路樹が緑に生い茂る頃。今思えば、桐生春が真田楓と知り合い友達になったのは、似た者同士だったからなのかもしれない。二人共、中学生にしては大人びた雰囲気を醸し出していて、クラスで浮いた存在であった。クラスメイトからも敬遠されがちだった。

春は時間を見つけては図書館に一日中入り浸る文学少年、楓は女の子には珍しいロボットやパソコンに夢中な理系女子だった。

二人が仲良くなったのはいつの頃だったのか、記憶が曖昧ではっきりしない。でもいつも同じ場所にいたことは確かだ。二人は教室以外でも街の図書館、学校の花壇、飼育小屋や屋上でよく顔を合わせていた。

楓は寡黙に一途な姿勢で誰にも頼らず、独りで淡々と生活していた。時折、花壇に水をあげ、ウサギにえさを与える様子からは、中学生の女の子らしい屈託のない笑顔が見えた。

春は、大地に根を張り巡らされた大樹のごとく揺るがない楓の生き方に惚れた。好奇心が刺激され、楓の秘められた強さを解明したくなったのだ。

単純に楓と友達になりたい気持ちと裏腹に、思春期特有の女子や恋愛への興味や関心でもあった。楓なら自分を理解してくれるかもしれないと淡い期待をしたのだ。

ある日、春は学校の花壇に水をあげる楓を見つけた。一回深呼吸をし、覚悟を決めて鏡の前で何度も練習したのに、ぎこちない笑顔を浮かべて声をかけた。

笑顔の練習をした理由は、第一印象が表情で決まると人間関係の本に書かれていたからだ。その本を熟読し、書かれていた内容を実践した。笑った方が相手に明るい印象を与え、人間関係を円滑に行えるらしい。

春は楓に好かれるために人付き合いが苦手だが、今できる精一杯の努力をしたのだ。しかし、楓の心に配慮した声かけをすることができなかった。それは楓が一人でいる理由をはっきりさせたかったからだ。

「君がいつも独りでいるのはどうして？　本当は独りぼっちが怖いくせに」

春は楓を小馬鹿にするように、鼻でせせら笑った。楓があからさまに他者を拒絶するオーラを周囲に撒き散らすことによって、どんな障害も撥ね除ける孤高な人物ではなく、誰かに助けを求めるが、素直に言葉にできない意地っ張りの女の子である印象を受けたのだ。

「あなたは桐生君だったかな。礼儀を知らないの？」

楓は春の無神経な言葉に怒りを憶え、思わず顔をしかめた。一人でいることを罵られたせいで、ホースを持つ手に力が入ってしまった。また、春を睨み付け、拒絶反応を露わにして後退りをした。

「礼節を欠いて悪かったよ。それは今後の課題として、俺の質問には答えてもらおうか」

春は楓の態度に臆することなく飄々（ひょうひょう）とした様子で話を続ける。聞く耳を持たないとは、この少年の尊大な態度を示すためにあるのだろう。

「孤独に慣れたの。この答えで満足かしら」

楓はため息を深くつき、春の無礼な言動に付き合うことは面倒だと判断した。これ以上反論しても屁理屈を言い返され、時間の無駄になる。波長が合わない相手には、諦めが肝心だ。

「おいおい、まだ中学生でその結論は虚しい。君がどんな人生を送ってきたか俺には計り知れないな。何か困ったことがあれば、手を貸すよ」

春は楓の回答に納得できなかった。敵意の眼差しを向けられた春は、同情するような目つきで楓の目前に友好の証しとして右手を差し伸べている。言葉だけは温和な雰囲気を醸し出す一方で、表情筋がピクリとも動かない気味の悪い笑顔だった。

「結構よ。私は自立する必要があるの」

楓は春の手を払いのけ、すぐにでもこの場を去ろうと歩き出した。しかし春は目の色を変え、強く詰問する口調で楓に質問した。

「君は病弱な母親を見捨てていくつもりなのかい？」

春の言葉に足が棒のようにピクリとも動かなくなる。楓は心臓を手でつかまれた感覚に陥り、しばらく呼吸することを忘れていた。歯を食いしばって険しい顔つきから、動揺が悟られないように隠すので精一杯だった。

「どうしてお母さんの容態を知っているの？」

息を止めて顔を朱に染めていた楓はようやく大きく深呼吸をした。春の抑揚のない淡泊な声音に対して、冷水をかけられたように聴覚が鋭敏になっていた。

「簡単な推理だよ。今日君は母親のお見舞いに行く予定のはず。だから落ち着いた服装をしている。花屋にでも後で寄るつもりだろ。加えていつも大切に肌身離さず持ち歩いているものがないじゃないか。防犯目的で所持が認められた携帯電話。君の父親は、ロボット工学において名のある研究者。持病がある噂は耳にしたことがない。消去法で母親が入院していると確信した。場所は大塚総合病院。君が病院に行くのに携帯電話は不要なものだしな」

春は得意げに胸を張って、早口で考察を語り始めた。

「私がお見舞いに行くことだけではなく、病院の名前までもわかるとはね。その根拠は何？」

いまいち春のことを信用できない楓は、その推理が紛れ当りではないのかと疑った。

「周辺の病院で電子機器の持ち込みを禁止するのは、循環器内科で有名な大塚総合病院のみ。あそこはペースメーカーの患者さんが多いからね。特に携帯電話の電波は、ペースメーカーに悪影響を及ぼす。だから携帯電話を家に置いてきた。大体話の内容はずれていないだろ？」

楓は春の情報収集能力と大量の情報を統合する発想力や推理力に驚嘆した。と同時に、もしかしたら春なら、自分の抱える悩みを解決してくれるかもしれないと、心臓がドキドキした。

楓は春が嫌みを躊躇いもなく話す、失礼な男の子だと評価していた。しかし、春は安易に同情する言葉を並べずに、等身大の自分を見てくれる。心を開いて悩みを打ち明けてもいいかもしれないと心境が変化した。

「全て正解だよ。やっと桐生君が何と呼ばれているか思い出した。さすがは推理小説大好き少年だね。桐生君の推理では他人の心も読めるのかな？」

楓は険しい顔つきから一変、自然と笑みをこぼした。そして春との距離を一気に縮めようとして冗談交じりにからかった。

他人に気に入られるためには手段を選ばない。守ってくれる人間は私にとって必要不可欠な存在だ。全力で可愛い女の子をアピールする必要がある。そして思春期の男子は、そんな女の子たちの自己演出に大抵騙されるのだ。

春は楓の可愛い女の子を演じる態度にうんざりしているかのように、短く鼻で笑った。

「超能力を使わなくても、ある程度は予想できる。君のあざといアピールもな。俺は物事の事象のあらゆる可能性を吟味して、有り得ない事実を削除する。無駄を省くと残るものは、最も現実的な物語だ」

「……つまらない反応だね。桐生君の推理力があれば、私の家族も元に戻れるかな？」

楓は空を見上げて手のひらをかざした。決して掴むことができない雲に触れようとしているみたいだった。

腕を組んだ春は、せわしなく指を動かす楓の様子を見つめていた。凧に煽られて糸の切れた凧のように飛ぶ雲に対して、憧れを抱いているように見えた。楓は決して強い女の子ではない。家族の問題に真っ直ぐ向き合う姿が、かっこよく見えたからそんな印象が残ったのだろう。

「もちろん可能だ。しかし、君が孤独に慣れたと家族を拒絶するうちは、現状が変わらない。問題の解消はされるが、解決には至らないんだ」

春は楓から吐き出された想いに応えず、楓のサポートに徹することを選んだ。

残酷ではあるが、家族の問題は楓が終わらせるべきものだ。深く関与することは、互いのためにならない。楓は家族の意味をはき違えている。自分自身が作り出した家族の枷（かせ）や戒めは、全て幻想だ。気づきがいずれ救済をもたらすだろう。

楓は家族が分裂していることを問題視しているが、実際にはバラバラに生活することで真田家は辛うじて家族の体裁を保っていると考えられる。なぜなら楓の父親は社会的な成功を収め、メディアに顔を出しており世間で認知された存在であるからだ。

仮に病気の妻や娘を見捨てて離婚でもすれば、マスコミや世論からのバッシングは避けられないだろう。意図的ではないが、楓が父親の社会的信用を盾にし、家族だから病めるときでも一緒にいなければならないという呪いをかけているように見える。

おそらく楓が両親と話し合う機会をどこかで設けなければ、三人で一緒に暮らしたいと素直に言わなければ、何も変わらない。春は父親との会話が不可能と思い込む楓に、どんな言葉をかければよいのか、皆目見当がつかなかった。

「私は今まで家族を維持するために努力を重ねてきたの。でも結局のところ他人は……お父さんは、私の気持ちに見向きもしなかった」

楓は力や元気のない口調で、胸の前に握り拳を強く当て奥歯を噛みしめた。病院のベッドで横になる母親を思い出し、胸にぽっかりと穴が開いたような感覚に陥った。

「君は深く物事を考えすぎる性格だな。しかもネガティブな方向にばかり。たまにはロボットやコンピュータから離れて、動物や植物と触れ合うといい。気分転換になるよ。同様に家族のことばかり目を向けるのではなく、クラスメイトや地域の大人たちと関わっていく必要があるだろう」

春は楓の頭の固さをほぐそうと一瞬のうちに作り笑いを浮かべた。そして楓のすべきことを提案した。

「私の趣味や行動も把握しているの？」

楓は自分の行動パターンを詳しく知っている春に、疑いの眼差しを向けて怪訝そうに目を細めた。

「君に興味を持っていただけ。それだけだよ」

春は自分の手をヒラヒラさせながら、間を置くことなく反論をした。指で髪の毛をいじりながらそっぽを向き、楓から視線をそらす。楓には紅潮した顔を見られたくなかったのだ。

「独りは気楽で退屈しないのに。他人から必要以上に干渉されないのは、幸せなことじゃない。桐生君は一匹狼じゃないの？」

楓はいたずらっぽく目の奥を光らせ、息を弾ませながら孤独の良さを語った。独りで物事をこなすのが習慣であった楓にとって、それ以外の道に火が灯されることはない。

春は楓の質問に気乗りしない様子で肩をすくめた。一度大きなあくびをした後で、ふと話題を変えた。

「俺は孤高であることに誇りを持っている。君の父親が以前雑誌の記事で答えた台詞だよ。結構好きな言葉なのに、お気に召さないみたいだな。だけど俺は君と違って、色々な大人と交流もしている。変化をつけることで新たな発想が生まれることもあるからな」

「お父さんの話はしないで。あの堅物で融通が利かない頑固者なんてうんざりよ。あと、お父さんはテレビや雑誌が大っ嫌いだから、取材を受けたことはないし。適当なことを言って私を言い包(くる)められると思わないで」

　楓は春をあからさまにジロジロと見つめて苦虫を噛み潰したような表情で否定した。似た者同士だと思った春と同じ感情を共有できず、イライラが募る。一方の春は、楓が父親を言い訳に思考放棄し、現状に甘んじて諦観した態度が気に入らなかった。

「今まで積み上げた家族の絆を破壊することになっても構わないのか？　父親とのすれ違いだけで、君の努力が全て無駄になるかもしれないんだぞ！」

　叱りつけるように春は叫んだ。家族の問題に他人が口を出す権利はないとわかっていたが、止められなかった。

「もう降参。私に付き合ってくれるよね。散々引っ掻き回したのだから、責任取ってよ」

　我が事みたく真摯に考えてくれることに驚いた楓は、正論をぶつける春に視線を合わせた。そして小悪魔的な微笑みを浮かべ、あざとくお願いをした。それは春が楓の悩みを解決する人間だと確信した表れだった。

「別に構わない。いい暇つぶしになりそうだ」

　春は足で床にリズムを刻むような甲高い声で、了解の意を口ずさんだ。軽率な約束が後悔への第一歩だと、このときは知る由もなかった。

春と楓が出会い、お互いが歩み寄ってから、瞬く間に半年が経過した。二人の間に友達以上恋人未満と言われる関係性が生まれた時期でもあった。春は楓という、初めて話が合う同級生の存在に戸惑いもあったが、二人の距離は心身共に着実に縮まっていた。

立冬が過ぎて日が落ちる時刻が早くなった。炬燵が恋しくなる時期。春の中で楓の存在がかけがえのないものへと変化した。

しかし、楓の家族は何一つ変わらなかった。その理由として春は、楓が悩みを聞いてくれる存在を得たことで現状に満足し、停滞を望んだことにあると考えていた。

答えは単純明快であり、楓の依存する相手が家族から春へ移行したからだ。確かに中学生の楓には、経済的にも精神的にも家族に頼らずに生活することは荷が重い。けれども、楓は無意識のうちに悲劇のヒロインを演じ、春に対して庇護欲を促すような態度を取っていた。

春は現状が悪化するに違いないと、十分わかっていた。でも、恋愛は惚れた方が負けと言うように、熟れた果実の甘い匂いの罠に嵌まってしまったようだ。春は、ただ楓に自分の意志で問題に立ち向かってほしかっただけなのにと、後悔の念に駆られていた。

春の想いと裏腹に二人の仲に亀裂が生じる出来事が起こった。春は楓に呼び出され、みどり公園に赴いた。ポツリと縮こまるようにベンチに座る楓の青白い顔を視界に捉えて、容易に想像できた。楓の身内に不幸が訪れたのだと。話を聞くと入院先の大塚総合病院で、先日楓の母親が心不全で亡くなったのだという。

春は声を殺して嗚咽を漏らす楓に、かけるべき言葉が何一つ思い浮かばなかった。やるせない気持ちを秘め、どうすれば楓の感情が晴れるのか、わからない。

今まで自分の推理には絶対的な自信があった。だが、春は最善の選択や己が果たすべき役割を誤った。それが直接的だったのか間接的だったのかは些末な問題だ。

楓の母親の死去によって、家族三人で仲良く暮らすことが不可能になった。その問題を黙認した春は、罪悪感に苛まれた。その問題を見て見ぬふりをしたことは、腸（はらわた）が煮え返るほどの憎しみを生み出したのだ。認知した問題を解決せず放置する行為は、愚者の所業に等しい。

春は楓を甘やかしたことで、楓の家族を完膚なきまでに破壊した。そして今、楓の母親という解決の糸口を失った。時間切れだ。テレビゲームのようにリセットボタンを押して、何度でもコンティニューすることは不可能。

家族の問題はパズルのように決まった形が存在しない。自明のことだが、春が処理できるレベルを凌駕していた。もう楓の家族を修復するには、手の施しようのない状態だったのだ。

春は自分の不甲斐なさや無能さから、自己嫌悪に満ちた思考を抱いた。楓に背を向けて深く苦しげなため息を漏らし、目を閉じた。現実から目をそらし、変革を嫌い、現状維持を望んだ自分への罰だ。ただ、楓との関係を壊したくはなかっただけなのだ。

「私はお母さんの願いを叶えてあげられなかった。ごめんなさい」

顔を手で隠して泣きじゃくる楓は、膝から崩れるようにその場に座り込んでしまった。

春は楓の母親が望んでいた夢を知っていた。

以前に楓の家族問題解決の糸口はないか、春は楓の母親の病室を訪れたことがあったからだ。学校での楓の様子を伝えると、楓の母親は寂しげに「学校でも良い思い出作れていないのね」と嗚咽を漏らした。そしてせめて家族三人で暮らせていれば何か変わったかもしれないと後悔していた。

また家族三人で楽しく生活したいと。楓の家族以外なら簡単に実現しそうな夢は幻想となり、二度と果たされることはない。死んでしまっては、言葉を紡ぎ意思の疎通を図るのは不可能だ。

「楓が謝る必要はない！　責められるべき人間は俺だ」

慰めの言葉が見つからない春は、自分自身に責任があると叫んだ。

「春君は関係ないよ。私の問題だから。何もしなかった私が許せないんだ」

楓は哀愁を漂わせながらも自嘲気味に言葉を吐き出した。

楓に拒絶されたと思い込んだ春は、胸の奥にチクリと痛みが走った。そのせいかわからなかったが、別れの言葉を口走ってしまったのだ。最悪のタイミングであったと気がついたときには、後の祭りだった。

「いつか話そうと思ったが、今伝える。もうすぐ俺はこの街を出ていく。父の転勤が突如決まって……俺は私立の難関高校に繰り上げで補欠入学できた。父が新たに住む家の方が近くてな……本当にごめん！　これでも俺を憎まずにいられるか？」

春は心身共にやつれた楓に、泣き面に蜂のごとく追い打ちをかけてしまった。

「春君、つまらない冗談は怒るよ」

楓は今にも消えてしまいそうなか細い声で呟いた。

「俺の目を見ても疑うのか。不幸は重なるって言うだろ？」

「春君は私が嫌いだから逃げるんだ」

癇癪を起こした楓は、親の仇を見るような憎悪の眼差しを春に向けた。それを肌で感じた春は、今まで積み上げてきた大切な何かが壊れてしまったことに憂えた。また、もう二度と笑顔で話すことさえもできないかもしれないと自分の無能さを呪った。

「好きとか嫌いとか単純な問題じゃない。自分ではなく俺を恨め。自分を嫌うことは人生を台無しにする。自分を許せ。楓が今まで重ねた罪を全て認めろ。そして俺のせいにするんだ。楓の母親が死ぬと不幸が連鎖すると予想できた人間が、ずっとそばにいたのに、俺は何もしなかった。

愚者は世界を滅ぼす存在であるが、愚者は世界各地で溢れかえり、愚者によって世界が構築される。一方で賢者は間違いを犯さない。目の前に賢者がいるならば、自分が目の前の賢者により愚者であり、その賢者も愚者である。楓、君は気づいているはずだ。家族から逃げたのは、君の父親でも母親でもない、楓自身だと。君の家族の中で最も愚者は楓だ」

春は泣きじゃくる楓の顔に対し、能面を被ったような無表情で一瞥した。楓に降りかかる不幸を取り除くためには力不足で、中学生の春には手に負えない案件だった。

「知らない！　知らない!!　私を一人にしないで、一生のお願いだから」

楓は壁際に追い込まれ絶体絶命に陥った猫のような金切り声で叫んだ。

母親の死と唯一信頼のおけるかけがえのない人の引っ越しに加え、父親との不仲は楓の精神の柱をぽっきりとへし折ることは造作なかった。

「それだけは叶えられそうにもない。一度壊れたものは直らない。修復できたと勘違いすることは都合の悪い事実の隠蔽、作られた幻想、まやかしだ。

俺も希望的観測で物事を考えていたみたいだ。つなぎ留めたい関係を保持するために。人は変わらないが、変わらないものだけが不幸になる。変革を求めたものが生き残る、厳しくて残酷な世界。もう俺が楓に施せる知識も考え方もない。

さようなら、楓と会って半年あまり、楽しい時間を過ごせたよ。何もできなかった俺を許さなくて構わない。信用のかけらなんて微塵もないだろうけど、もし楓に困った出来事があれば、今度こそは救いの手を差し伸べよう、必ず」

泣きたい気持ちを我慢した春は、自分の罪を懺悔するように言った。

「本当に春君の言葉は支離滅裂だよ！　もう春君なんて知らない‼」

楓は今まで内に秘めた不平不満から怒りを露わにして、糾弾するように叫んだ。渾身の力を振りしぼって、春の頬をバシンと大きな音を立てて強くはたいた。そして、一瞥することなくみどり公園を足早に去っていった。

春は叩かれた箇所をさすり、無責任な約束をしたと後悔した。春と楓の最悪の別れだった。

この一連の出来事が春を今日まで苦しめるトラウマである。今後大切な人を傷つけないようにと心に誓い、他者と必要最低限しかコミュニケーションを取らない春は、ひっそりと静かに生きていた。一方で、ただ流されるままに人生を消費する毎日に退屈していた。

次に記されていることは、春と喧嘩別れをした直後の楓とその父親正敏との葬式会場でのやり取りである。

楓と父親の決別

「どうしてお母さんを助けなかったの？　家族よりもそんな研究の方が大事なの？　家族は支え合うものってお母さんは言っていた。だから、私はその言葉を信じて我慢してきた。必ずお父さんが帰ってくれるって……でも、お父さんは全然変わんないんだね」

楓は葬式が執り行われる中、終始無言だった正敏に嫌気がさし糾弾した。

春の指摘は間違っており、悔い改める素振りを全く見せない父親の方が、自分より愚者であると楓は考えていた。誰よりも家族を最も大切に想っていたと自負していた楓は、怒りを胸の内に収められず、八つ当たりも兼ねて怒鳴り散らした。

「……」

正敏は妻を亡くした悲しみからなのか、何も話さずに虚空を見つめていた。

「娘に言われてだんまりなの？」

楓は自分の言葉が耳に入らないのか、単に無視を貫くのかよくわからない正敏に苛立ちを憶え、表情を曇らせた。

「お前の発言に答える義務はない」

眉一つピクリとも動かさない正敏は、声を低くして楓の罵声をバッサリと切り捨てた。

「家族との会話は課せられた命令と変わらないんじゃないの？」

「お母さんは私たちが親子喧嘩する方が悲しむ。葬式とは死んだ者への弔いの儀式ではない。残された者が死者に折り合いをつけるために行うものだ。死者のために争うのは死んでも死にきれないだろう」

「ふざけないで。この人でなしが!!」

楓は大粒の涙をこぼして正敏の頬を強くはたいた。いつもなら何も言わず家族のことに無関心な正敏が、父親らしく子どもに説教することに楓は激憤した。

母親の葬式でどうして親子喧嘩しないといけないのかと、涙を流しながら胸が張り裂ける思いをした。本当は父親が自分以上に、家族を思いやってくれることを期待していたのだ。

現実は他人の気持ちがわからない、己のエゴを突き通すマッドサイエンティストだった。

これ以上父親にかける言葉が見つからなかった。

「……間違いない。俺は父親である資格がなかった。親としての務めを果たせなかった」

険しい表情の正敏は、哀愁を帯びた声音で呟いた。

「私は絶対にあなたを許さない。二度と父親だと思わないから」

楓は決して正敏と視線を合わさず、踵を返し血の味がするほど唇を噛みしめて、葬式会場を去った。

「本当に父親失格だ」

正敏は徐々に小さくなる楓の背中をぼんやりと眺めた。こんな出来事が起こらなければよかったと表情を曇らせた。その後壁際に寄りかかり、両手を身体の脇にだらんと下げた。

葬式会場での会話は、楓と正敏の決別を物語っていた。すれ違い、袂を分かつことになった二人は、険悪のまま時を過ごし、事件前夜を迎えることになる。


その次に書き記すのは事件が起こる半年以上前、五月二十四日の出来事。

春とＡＩアミとの邂逅である。

ＡＩアミ

大学生になった春は、とある日曜日に東京近郊の商店街をぶらぶらと散歩していた。特に目的もなく、自由気ままに一度も足を踏み入れたことのない街を訪れることが、ここ最近の春の趣味だった。今日も変わらず近くの喫茶店で軽く昼食を取り、店を出た。

天気も良く風が気持ちいいので、公園で読書しようと木陰のベンチを探した。目に留まったベンチには残念なことに、一人寂しげにぽつりと座っている先客がいた。

年齢は十五、六歳ぐらいだろうか。絹のように透き通る黒髪ロングの美少女。誰もが目に留まるそのルックスから、少女の佇まいは容姿端麗という言葉が適切だ。特に髪の色と同じ大きな黒い瞳が魅力的だった。春はその容姿にどこか懐かしさを感じた。一方で少女は制服を着ているが、それには違和感を憶えた。

少女に似合わない、というよりかは、着こなせていないという方が正しい表現だろう。学生鞄やスポーツバッグも所持していない。その上、周囲に友人と思わしき人影も存在せず、部活帰りでもなさそうで、図書館で勉強した様子も見られなかった。

部活帰りならば、道具やユニフォームの入ったバッグがないのはおかしいだろう。また、図書館で勉強した帰りだとしても、教科書や参考書の類いがないのも不審に感じる。春はそれらの情報を統合し、計画性を感じられない親子喧嘩をして家出をした少女だと考えた。春は声をかけることを躊躇ったが、真田楓と瓜二つの少女の相貌に、頭蓋骨をハンマーで殴られたような衝撃を受けた。春は突然身体が硬直し、口ごもりながらも勇気を振り絞り、なるべく少女を怖がらせないように柔らかな口調で話しかけた。

「君、何か困ったことがあったのかい？」

「えっ？　もしかしてあたしに声をかけているの？」

少女は恐怖ではなく驚きの表情を浮かべた。他人への警戒心は全くなく、話しかけられたことに心を弾ませている様子だった。

今時、ここまで純粋無垢な少女はなかなかお目にかかれない。自分の魅力に無知なのだろうか。先ほどから既に五人が少女をチラ見しているが、街を歩く通行人の視線を気にする仕草が一つもなかった。

「そうだよ。見たところ何も持ち歩いていないようだな。手持ち無沙汰で退屈しないのか？」

「別にー、家に閉じこもるのに飽きて、逃げ出しただけだし」

目的は達成したから問題ないと言いたげな表情を見せる少女は、公園で遊ぶ子どもたちを眺めていた。

少女の家庭はよほど外出に対して厳しい規則があり、自由に過ごしている自分と対極的な生活を強いられている気がした。閉鎖的な日常に嫌気が差したに違いないと結論づけた。

「最初は家出を楽しんでいたが、やがて道に迷い、途方に暮れてこの公園で足を休めたと……帰りの電車代もないみたいだな」

「やっぱりわかっちゃう?」

「家出にしては無計画すぎる。君は箱入り娘かどこぞのお嬢様なのか?」

少女の不安の素振りを見せないおどけた態度を見た春が、頭をかきながら眉間にしわを寄せた。少女は自分の置かれた状況をまるで理解していないようで、服の裾を引っ張って呟いた。

「その表現はあながち間違いではないね。親バカというよりか姉バカが正しいかも」

「だったらなおさら早く帰った方がよくないか? 君の親御さんやお姉さんが心配して捜索願を出す前に。そこまで迷惑をかけるのは本意ではないんだろ?」

家族の関係が良好だと安堵した春は、少女を諭すように語りかけた。

「それもそうだけど……話しても怒らない?」

「黙って聞くと約束しよう」

絞り出すような小さな声で返事をした少女に対して、春は少女の心を落ち着かせようと、ゆっくり微笑みかけた。今まで視線をそらしていた少女はばつの悪さを拭い、はつらつとした口調で言った。

「どこかでスマホを落としちゃったみたいだから、自分の家がどこにあるかわからないの」

「それは大問題だな。一刻も早く君を家まで送り届けよう。日が暮れないうちに必ず」

そして春は力の抜けてやる気のない淀んだ目の色を一変させて、獲物を狙う肉食動物のような獰猛で鋭い顔つきになった。

少女は春の豹変に皮膚が張り詰めるような感覚に襲われた。反射的に謝罪の言葉を口にしてしまった。

「ご、ごめんなさい。あたしは真田アミ。よろしくお願いします……」

「別に謝ることはないよ。俺は桐生春。君のことはアミと呼んでいいかい？」

春は怯えるアミを宥めるように穏やかな口調で話した。

以前どこかで会ったことはないか聞きたくなったが、胸に秘めておいた。アミを無事に家まで送り届ける方を優先したからだ。

「うん、いいよ。春さん」

肩の力を抜いたアミは、春の目を見つめながらそう言った。

「ありがとう。それではアミ、君はどうやってこの公園まで来たのか覚えているか？」

少女改めアミの容姿を凝視すると、懐かしくほろ苦い記憶が喚起され、春は中学生の頃を鮮明に思い出した。アミと楓が同一人物ではないかという有り得ない妄想がはたらく。

楓は俺と同い年であり、少なくとも高校は卒業しているはずだと両手で頬を叩き邪念を振り払った。そしてアミを自宅へ送り届ける方法を考え始めた。

「えっとー、この街に来るまでに電車に乗って二、三回乗り換えた気がする。その後、適当に散歩してここに来て迷子だと気づいた。こんな情報が役に立つの？」

顎に手を当てる仕草をするアミは、朧げな記憶を思い出すように言った。

「だんまりされるより数倍ましだ。結構乗り継いだようだな。電車を利用したってことは駅の改札口は切符もしくはＩＣカードを使って出たんだろ？」

「これのことだよね。お姉ちゃんのものをこっそりと借りてきたの」

アミが制服の胸ポケットから私鉄のＩＣカードを取り出し、春の目の前にかざした。

「電車以外には何か他の交通機関を利用していないか？」

「徒歩と電車だけだよ。バスとかタクシーとか乗ったことがないし」

「情報が揃った。アミがどこの駅を使用したか、おおよそ見当がついた」

思いの外簡単にアミの最寄り駅を調べられると判断した春は、自信を持って答えた。

「本当に？　あたしは家に帰れるの？」

ベンチから立ち上がったアミは、歓声をあげた。

「安心してくれ。最寄り駅を簡単に確認する方法がある。とりあえず、高橋不動駅へ行こう」

「ちょっと待ってよ。春さんの歩幅が大きいからはぐれちゃう」

春はやれやれと両手をヒラヒラさせた後、アミの手をつないでゆっくりと歩き始めた。公園を出て河川敷を通過し、ランニングコースの直線を進んだ。そしてモノレールの線路に沿って歩いた二人は高橋不動駅に着いた。疲れを露骨に表して項垂れ、足元がおぼつかないアミの様子を見て、春は喫茶店で休もうと提案した。

店の中に入ると店員に窓際の席を案内され、春は手前の椅子に腰を掛け奥のソファーにアミを座らせた。アミは身体をだらんと脱力させ、今にも暑さで溶けそうな雰囲気でテーブルに倒れ込む。

「あたしってば、駅から結構距離が遠い場所を彷徨っていたんだね。もうくたくた。しばらく歩きたくない」

アミは重たそうに身体を起こしたが、注文したアイスコーヒーに口を付けず、ストローで氷をつついてシャカシャカと音を鳴らした。

「喉は渇かないのか？　遠慮せず飲んだ方がいい。脱水症状を起こすかもしれないからな」

春は湯気が立ち込めるブレンドコーヒーにミルクを入れた後、フーフーと息を吹きかけ恐る恐る口に付けた。何度も冷ましたのに熱いコーヒーに思わず顔をしかめた。

「ご心配なく。あたしは丈夫にできているし。何か頼まないと春さんは我慢しちゃいそうだったからね」

アミは春の心配を気にする素振りを見せず、足をバタバタさせた。

「一時間弱歩いたぐらいで音を上げるお嬢さんが……体調が悪くなったらちゃんと言えよ」

「注意しとくねー。ところで春さんは熱いものが苦手なのに、どうして頼んだの？」

春が空々しく嘆息する一方で、アミは忠告に聞く耳を持たず、すらりと話題を変えた。

「猫舌でも無性にあったかいものを欲するときが稀にあるだけだ」

「身体に悪いとわかっているのに、深夜に油ギトギトの豚骨ラーメンをするイメージなの？」

「上手いたとえだな。でも今の発言でアミの感性を疑いたくなったぞ。まるで中年のオッサンじゃないか」

少なくとも今時の女子高校生がたとえる表現ではないと、春は苦笑した。

「あたしは現役の女子高校生だよ。だってベースは……」

ガシャンとガラスのコップが割れる音が店内に響く。客の誰かがコップを床に落としたようだ。春はふと視線を音の発生源に向けた。

「コップを落とした音に気を取られて、聞き取れなかった。質問か何かあったか？」

「別に何でもないよ」

春は熟れたリンゴのように紅潮させた顔つきをしたアミを一瞥した。気まずい空気に耐えながらしばし休憩を取った喫茶店を後にした二人は、駅へ向かっていった。駅へ近づくにつれて人々の往来が激しくなる。

「これにカードを入れればいいの？」

アミが駅の改札口を見渡し、目を爛々と輝かせ、券売機に指をさした。この街に来るときに一度は利用しているだろうにもかかわらず、無邪気な子どもみたいに燥いだ。そんなアミの様子を見た春は怪訝そうな表情をちらつかせた。

ＩＣカードを使う行為は珍しいことではなく、通学や外出で利用する機会があるはずだ。もしかしたらアミは日常的に使っていないのだろうかと首を傾げた。

「それで大丈夫だ。次にタッチパネルの中にある乗車履歴の印字の画面を押すんだ」

「乗車履歴……画面の下にあった！　押した後はどうするの？」

「乗車履歴が書かれたカードが出てきただろ？　その中に五月二十四日の履歴があるから探すんだ」

まるで教師と生徒みたいな会話だと気づいた春、くすりと笑ってしまった。

「一番下に……ここは確か高橋不動駅だから、新桜橋駅が今日の日付の中で一番上に表示されてる。あたしが最初に使った駅ってことなの？」

そのカードに目を凝らしたアミは、目的の駅を発見した。アミの嬉しそうな姿は、クイズに正解して歓喜する子どものようだ。

「ああ。これでアミの家の最寄り駅はわかった。電車の乗り継ぎは、京皇線から海手線を経由して都営三井線で戻れば帰れそうだな」

ズボンのポケットに入れていたスマホを取り出した春は、新桜橋駅までの最短ルートを調べた。

「今日中に家まで着くの？」

「問題ない。あとは最寄り駅からアミの家を探せばいいだけだし」

春は不安そうにするアミの双眸を見て、はっきりと伝えた。

「何か複雑そうに思えるから道案内よろしくね。多分、新桜橋駅に着けば、さすがに自宅までの帰り道は思い出すよ」

「……本当に大丈夫か？」

自分の来た道すら覚えられないアミに、とてつもない不安が残った。春は最後まで送り届けるべきだと改めて認識した後で、深くため息をついた。

ここまで関わっておいて無関係だと開き直ることは、男の恥だ。それに加えて、駅に慣れていないアミを見捨てるのは、良心が痛む。

「春さんは心配しすぎだよ。そうだ、ここまで親切に助けてもらったし。家に来なよ。お礼もしたいし」

「殊勝な心掛けだ。でも本音は叱られたくないだけだろ？」

春は突然の誘いに一瞬戸惑いを見せた。しかしすぐに切り替えてアミの本心を見破り、探りをかけた。

「どっちも狙ったつもりだよ」

「強欲だな。せっかくだから最後まで送り届けてやる」

春はあどけなさを感じさせるアミの不遜な態度に呆れた。そして土足で相手のプライバシーに入り込み、他人に余計なお節介をする自分の性格を呪った。

「いちいち言葉にとげがある気がするけど」

アミは納得のいかない不満気な様子で、頬を膨らませた。

「電車が来る。アミ、急げ。乗り遅れるぞ」

「ちょっと待ってよ。あと、話をそらさないでよー」

アミは春のシャツの袖を掴み、急ぎ足で電車のホームへ駆け込む春の後を離れないようについていった。

アミの姉

二人は特に遅延や運転見合わせなどの電車のトラブルに遭うことなく、アミの自宅最寄り駅である新桜橋駅へ着いた。空を見上げると夕日が山に隠れ、街並みは人通りが少なく暗く寂しい雰囲気を漂わせていた。無人駅ではないかと間違えたくなるほどに、空気が張り詰めて静まり返っている。

「電車の線路ってこんなに細かく複雑に張り巡らされていたんだ。よく日本人はあたしみたいに迷子にならないね。あたしはこの通り絶賛迷子中だし」

顎に手を当て考える仕草をするアミは、街の風景に臆することなく宣言した。

迷子のアミは、通行人が少なく、駅前の店舗が軒並みシャッターで閉められた閑散とした場所に、怖がる様子を見せなかった。春はアミにとって静寂な場所が日常であって、アミが都会の喧騒から離れた世捨て人みたいに思えた。

「胸を張って堂々と迷子とよく言えるな。アミも俺と同じ日本人だろ?」

「定義としては日本人でいいと思うよ。高校生を想定しているのに、帰り道がわからない迷子なのは減点かな？　やっぱりお姉ちゃんと一緒じゃないと遠くへ行けないかぁ……」

ため息をつきながらアミは、猫背になって落ち込んだ。

「お姉さんに大切にされているんだな」

「うん、あたしはお姉ちゃんが大好きだもの。無条件であたしを信じてくれるのはお姉ちゃんだけ。あたしが世界で一番信頼している人で、勉強も運動もできるパーフェクトな美人だから」

「俺とは全然違う人柄の持ち主だな。一度はお目にかかりたいものだ」

春は目をキラキラと輝かせて力説する、アミの姉を思う姿勢に感心した。アミの言葉から、二人の間に心の奥底で結び付いた強い絆が存在すると確信した。

春は自身にもアミと同等、もしくはそれを超える相手を信頼できる器量があれば、楓との最低な別れを回避できたかもしれないと考えた。

一方で、過程や結果以前に心の持ちようが不安定だった中学生の春は、問題に気づいたとしても同じ過ちを繰り返したに違いないだろう。

春は楓どころか自分自身さえも信じていないのだからと、当時を思い出すと落胆せずにはいられなかった。

「お姉ちゃんは渡さないよ。意中の相手は既にいるみたいだし。春さんは眼中に入らないよ」

「お姉さんの話だと手厳しいな。アミの言った通りの人物を世の男が見逃すはずがない。俺なんかじゃ相手にしないかもな」

春は希望を失ったような顔つきのまま、手のひらを肩まで上げて首を横に振ったが、アミは意図がまるで掴めない予想外な発言を繰り出した。

「でも、春さんとお姉ちゃんの想い人の本質は似ている気がするよ。相手の気持ちに立って、親身に力になろうとする優しさが伝わってくるし」

「俺は人格者のような高尚な人間じゃない。良かれと思ってやったことが、相手の人生を壊すことだってある。もう二度と故意に大切な人を傷つける経験はしたくない。取り返しのつかない失態を犯した罪は、人生が終わるまで俺を蝕んでいるんだ」

「後悔と逃避は違うよ。前者は失敗を学習した結果から生まれた感情だけど、後者は臭い物に蓋をするのと同じだよ。今の春さんは他人を傷つけるだけの鋭利なナイフみたい」

そう答えたアミは、おどけた雰囲気から血の気が引くほどの冷えた顔に変わり、声音が低くなった。春はアミの豹変ぶりに一瞬言葉を失うが、苦し紛れの言い訳をした。

「立ち向かうことだけが、正しい後悔の仕方とは限らない。それ以上の損害を被る場合だってある」

「現実から目をそらすのとは違うよ。大切な人だけじゃなくて、自分からも逃げるの？同じ過ちを繰り返す人はただの愚者だよ」

「耳が痛い言葉だな。周囲に対する反応が幼い割には鋭い観察眼だ。物事を素直で純粋に捉えられる感性もある。アミは彼女に似ているよ。君なら彼女に寄り添うことも救いの手を差し伸べることも、満足にできたかもしれないな」

アミの追及を避けるように春は、目線をそらして、わざとおどけた態度を取った。真田楓の名前を言うことは、貝のように口を閉ざし躊躇った。現在の状況が似ていてもそれまでの過程や境遇は大きく異なる。春と楓は近くて遠い歪（いびつ）な関係だった。

共に一人ぼっちだった春と楓の過程は異なるが、置かれた状況はそっくりかもしれない。両者の間に何一つ同じものはない。誰しも異なる感情を持ち、お互いに意見をすり合わせて妥協点を作ることで、コミュニケーションを行った。

その過程で誕生したのが、当時中学生の春と楓である。人生とは選択と妥協の繰り返しだ。中学生の春は楓を完全に理解したと思い込んでいた。

春は勝手に楓が家族三人で仲良く暮らすことを強く願い、自分の問題に向き合って無事に解決できる人物だと烙印を押し、愚かにも自分の思考を停止させた。人間は可塑性に富む生き物で、いついかなるときも変化を引き起こす。だが、春は楓の成長の機会を奪ってしまった。楓が挑むべき課題、家族と向き合う試練を放棄させたのだ。

「会ってからそんなに時間が経ってないけど、これだけは断言できるよ。あたしに春さんの代わりは務まらないって。その彼女さんがそばにいてほしかった人は、紛れもないあなただから」

今度のアミは、春を温かく包み込むように話した。まるでアミが別人、いやむしろあどけなさが薄れ、年相応の少女に成長したようだ。

いつの間にかアミに励まされていることに気づいた春は、誰が見てもわかるくらい顔を赤くした。アミが頼りない少女と決めつけて、上から目線で話していた自分自身を恥じた。アミを導いているつもりが、実際には自分がアミに導かれて、自然と積年の悩みを打ち明けていた。

「どうして彼女の気持ちがわかる？」

春はアミの言葉を素直に信じられず、半信半疑に聞いていた。なぜなら中学生の楓が必要だった人物は春ではなく、ただ話を聞いてくれる存在に過ぎなかったと気づいてしまったからだ。それと同時に春は無意識のうちに、楓に頼られることによって孤独を癒やしていた。

通常の家族ならば、子どもは父親か母親どちらかに相談できる環境に置かれている。しかし楓の場合、家庭を顧みず研究に没頭する父親と病弱で入院していた母親しかいなかった。

そのような状況で楓は家族の問題を話せるわけがないと春は知っていたが、そこにメスを入れることはしなかった。もし家族の問題が解決してしまったら、春は楓に必要とされなくなってしまうと思っていたからだ。

春には楓しかいないが、楓には家族がいる。孤高であることを誇りに思う春は、どこにも存在せず、独りぼっちを恐れる軟弱者になっていた。

「同じ女の子だからね。でも、春さんには教えられない。きっと春さんが気づかないと意味のないことだし」

「今更彼女の気持ちがわかっても……手遅れだ。俺には誰かを思う資格はない。あるのは彼女への贖罪だけだ」

春は楓の家族が崩壊した理由として、自分の醜い恋心が招いた悲劇だと確信していた。もし過去に戻れるのならば、いつまでも頼られる存在でいたいという幼稚な願いを抱いていた自分自身を殴ってでも止めに入っただろう。いつの間にかその意思が表れたのか、春は爪が皮膚に食い込むほど力強く握り締めていた。

「資格って何？　他人を思いやることは、損得勘定で済むほど割り切れる話じゃないよ。彼女さんは春さんが好きだから、そばにいたいから怒ったんだと思うよ」

「彼女にとって一番大切なものを壊した元凶の俺に、好意を抱くなんて有り得ないんだ。親に代わりはない。どんな人間であろうと、親はかけがえのない存在であるんだ。俺が彼女なら絶対に許さない！」

顔をひどく歪めた春は、中学生のとき楓と喧嘩別れをした記憶を思い出してしまった。その忌々しい記憶を駆逐しようと大声を出した。

しかしアミは怯む様子を一切見せず、春の勘違いを指摘した。

「春さんが相手を思いやるのと同じぐらい、あなたを思いやる人がいるって気づかないの。独りで抱え込んじゃダメ！　想いの一方通行は、あまりに虚しいよ。きっとそばにいてくれただけで、春さんは特別な存在だったはずだよ」

アミは自責の念に駆られて震える春の手を優しく握った。彼女の本心を代弁しているように見えた。誰かに励ましの言葉をかけられた経験の少ない春は、アミの優しさに触れて脱帽した。

「俺は彼女に大切に思われていたのか……どうして今まで気づかなかったんだ。道理で上手くいかず空回りするわけだ」

春の目から一筋の涙が零れ落ちた。アミの解釈に心が洗われ、今まで刺さっていた棘が取り除かれた気分だった。春は疲れ切った顔つきで深々とため息を漏らした。

「その女の子に謝れるといいね」

「もう忘れられているかもしれないが、俺自身の折り合いをつけるために会いに行くよ」

アミの期待が込められた言葉に春は、墨汁で塗りつぶされた黒い目の色から光を取り戻し、思わずくすりと笑ってしまった。

「即決だね。あたしも見習うべきかもしれない」

アミは何か新たに決意を抱くかのように、拳を胸に強く当てた。春は仕返しとばかりにある言葉を吐き出した。

「アミの家族もアミと同様に、大切に思いやっているだろ？」

「それはあたしの台詞だよ」

アミは春に見せる顔がなく、ばつが悪そうにそっぽを向いた。

「そっくりそのままお返ししただけだ」

「一本取られた……悔しい」

春はいたずらっ子のようにニヒリと笑みを浮かべた一方で、アミはスカートの裾がくしゃくしゃになるほどの強さで握り締めて地団駄を踏んだ。

「『自分が相手を思いやるのと同じように相手も自分を思いやっている』当たり前のことなのに、俺を含めて忘れている奴は多い。だけど、よく真顔で言えるな。笑いが込み上げて、我慢できない」

「笑わないでよ。あたしは真剣に考えているの」

赤面のアミは、ばつが悪そうに言った。

「茶化すつもりはない。本当にアミは彼女にそっくりだ」

「他の女の子の話ばかりするのは感心しないよ。そういえば、あたしが家出した理由を聞かないんだね」

アミは頬をぷくっと膨らませ、怒り交じりの声で自分の話題へと変えた。整った容姿と相まって自分を魅力的に見せることを知っているかのように、いくつもの顔を見せる。

「言いたくないって顔に書いてある」

「本当に？　何となく理解したって雰囲気だね」

「ある程度、推理や想像をすれば予想はできなくもない。だが、アミの言葉で教えてほしい」

「家出をしたのは単純に外の世界を見たかったこともあるけど……本当の理由はあたしがお姉ちゃんの廉価版じゃないかって……自信を無くしていたんだ」

アミは意気消沈気味にぼそりと呟いた。小枝のようにか細く今にも消えてしまいそうな声音だった。

「完璧超人の姉に対するコンプレックスか。でもアミは大丈夫だ。誰かを……しかも会って一日も経たない野郎の話を真剣に聞いて、お節介を焼くほどのお人好し。それはもう立派な才能だ」

春はアミを励まそうと努めたのだが、かなりぎこちない褒め言葉を紡いでしまったようだ。春は事実を読み解くことは得意であるが、感情というバイアスに翻弄されてしまい、他者が求める励ましの言葉がわからない。

「春さんって褒めるのが苦手でしょ？」

「褒め言葉になっていなくて悪かったな」

アミの指摘が図星だった春は、悪態をつくように返事をした。

「全然、勇気づけられたよ」

アミは一点の曇りもない晴れやかな笑顔を春に向けた。

「話を戻そう。この駅は見覚えがあるんだよな？」

「もちろん、あと十五分ぐらい歩けば家に着くと思うけど……」

アミは春の質問に自信なさげに顔を下に向けて答えた。

「自宅までの道がわからないのか。見事に不安が的中したぞ。……アミ、家の近くにコンビニやスーパーはなかったか？」

目印になる建物がないか春は質問した。

「確か青と緑を組み合わせたロゴマークの店が、家から目と鼻の先の距離に建っていたような気がする」

「ファミリーストアだな。スマホの地図アプリを使って現在地から絞り込むと新桜橋店が一軒。とりあえず、そこへ向かうぞ」

スマホを取り出した春は、検索結果を読み上げた。そしてナビ機能を利用して歩き始めた。

「それだけでわかるの？」

「地図アプリを使えば、おおよその位置と周辺の景色が把握できる」

「本当だね。そこがあたしの家だよ」

　アミは春のスマホをひょっこりと覗き込み、コンビニから一〇〇メートルほど離れた地図アプリ上に表示されるコンクリートと鉄の柵で覆われた「国立ロボット技術開発局」という名の施設を指差した。

「信じられないんだが、これは政府の建物だぞ。君の両親は研究者かその関係者なのか?」

　国立ロボット開発局の外観は、とても住宅とは考えられない鉄筋コンクリート造りの平屋建てであり、生活感をまるで感じなかった。視線をずらすと温室の植物園みたいな建物が目に留まった。敷地内をぐるりと囲むように、開発局全体に木々が植えられており、閉鎖的な空間を醸し出している。仕事以外で立ち寄る人はほとんどいないだろう。

「うん、間違いないよ。お姉ちゃんとお父さんが日々研究に明け暮れているの」

「家に帰れてよかったな、アミ」

　春は開発局の周辺をぼーっと眺めながら、このような隔絶された場所に毎日いれば、アミが外へ出たくなるのも仕方ないと頷いた。

　春はアミの意気揚々とした表情を見て一安心した。ようやく肩の荷が下りた。ここ数年生きていた中でベスト3に入る濃い一日だった。春は緊張で固まった肩の筋肉をぐるぐると回してほぐしながら、しばらく人助けはしないと誓った。

「ところでさ、どうしてここまで見ず知らずのあたしを助けてくれたの?」

アミは首を傾げて訝しげな眼差しを向けながら質問した。

「親切に理由を求めてはいけないんだ。親切はその人の習慣と同じもの。一朝一夕で身に付く代物ではない。今回は違うが……君が俺の知り合いと似ていたからかもしれないな」

春の瞳から光が消え、過去を疎むように淀んだ目つきへと変わった。心の持ちようが変化してもトラウマが春を縛り付ける。今日の親切は、アミが真田楓と似ていたから手を差し伸べたに過ぎない。春は純粋にアミを助けようとは、微塵も思っていなかった。感謝される筋合いはない。

「さっきまで話していた女の子のことだよね。どんな人なの？」

「植物や動物を愛する心優しい家族思いの女の子だったよ」

「あたしのお姉ちゃんとそっくり。いつか会えるといいね！」

アミは身体を弾ませて、声を高くして言った。一方で春の表情は暗く、蚊の鳴くような声でボソッと呟いた。

「……そうだな。でも、望まぬ再会になるかもしれない」

「それってどういう意味？」

アミが春の言葉を理解できず、不思議そうに質問した。

「アミちゃん！　今までどこに行ってたの？」

アミが春に連れられて、自宅である国立ロボット技術開発局に到着した。門扉を開けて中に入ると、間もなく白衣を着た一人の女性が息を切らして、アミの元へ駆けてきた。

「ごめんなさい、桐歌さん。道に迷ってしまって、この人……桐生春さんにここまで送ってもらったの」

アミは家出したことを後ろめたく思い、恥ずかしそうに桐歌から目をそらして自分の髪に触れた。

「ご親切にどうもありがとうございました。あなたがアミを連れてきてくださらなければ、今頃警察に捜索願を出すところでしたよ」

桐歌という女性は、呼吸を整えた後で、ほっと胸を撫で下ろした。アミへの心配の度合いからかなり親しい間柄のように見える。

「やっぱり大事(おおごと)に発展しかけていたっぽい感じ？」

アミは桐歌から隠れるようにすると、ひそひそと春に耳打ちした。

「当たり前だ。警察の厄介にならなくて心底ほっとしている。下手をしたら俺は未成年を連れ回す不審者になっていたかもしれなかったからな」

春は事の重大さに気づいておらず、頭上にクエスチョンマークを浮かべるように首を傾げたアミを見て、深々と嘆息した。

「うーん、今度から気をつけるよ」

「やはり最後まで付き添って正解だった。とりあえず、アミが無事家に帰れてよかった」

「本当にありがとう、春さん。この恩は忘れないから。またあたしに付き合ってくれると嬉しいな。外にいる楽しさを教えた責任取ってよ」

春はアミのお礼の言葉に違和感を憶え、突如として背筋が凍るような感覚に陥った。アミと楓の姿が重なって見えたのだ。目をこすり、再度アミを凝視したが、残像は消えなかった。

「……急にどうした、アミ？」

「なんて、冗談だよ。またねー」

アミは何か確信めいた様子で、吹けない口笛を吹きながら踵を返した。

「では、私も失礼します。アミちゃん、お家に帰るよ」

春は手をつないで歩く二人の背中を小さくなるまで眺めていた。あの二人が理想の親子の形なのかもしれないと思った。遠くになるにつれて、二人の背格好が似ているため、意識して見なければ間違えるくらい後ろ姿がそっくりだ。

楓の父親〜その横顔

これは真田正敏が殺害される少し前の話。一月二十三日午後四時に時計の針が指す頃。国立ロボット技術開発局で起こった出来事である。真田楓は父親である正敏の私室に訪れ、直談判をしていた。

「私とアミを解放して……お願いします。お父さん」

「……それは無理な相談だ。お前もわかっているだろう。私の研究はもう誰にも止められない」

正敏は目を合わせることなく、楓の要求を切り捨てた。露骨に忙しい様子をアピールするかのように、パソコンでデータ分析を行っていた。

「ふざけないで！　この開発局はお父さんのものじゃない。それにアミや私を含めた研究員だって、都合の良い駒だと思い上がらないで」

楓は手を強く握り締め、怒りを露わにして声を荒らげた。

「……楓や研究員の代わりはいくらでもある。去りたければ去るがいい。アミを置いていけば、あとは自由だ」

正敏は楓の言葉に耳を貸すつもりはない雰囲気を醸し出しながら、声を低くして言った。

「そんなことできるわけないじゃない！　もう私のことはどうでもいいよ。でも、桐歌さんはお父さんにとって大切な人なんでしょ？」

楓は相手ができもしないことを要求して、煙に巻こうとする正敏が大嫌いだった。

「……白井桐歌のことか。あいつの父親は莫大な財産をもっている。だから、付き合っているだけだ。大して才能もないくせに勘違いも甚だしい奴だ。だが、資金源を絶たれるのはこちらにとって痛手。飼い殺して金を搾取した方が合理的だ。お前もそう思わないか？」

正敏は早口で捲し立てて、他人に口を挟む隙を与えない。桐歌は楓の母が亡くなってから、正敏だけでなく楓やアミをもサポートしていた人であるため、楓は父親の言葉が信じられなかった。感謝の念が何一つ感じられない罵声。研究にとりつかれた悪魔が楓の目の前にいた。

「……今の発言、本気で言っているの？」

楓は正敏の人間を道具のように扱う様子に恐怖を感じた。

「当たり前だ。私は才能のない人間が社会に貢献できる機会を与えている。褒められはしても、非難される筋合いはない」

楓は身体に流れる血液が冷えていく感触を憶えた。楓はそれでも勇気を振り絞り、正敏の説得を試みた。

「何でも効率、効率。お父さんは他人の気持ちがわからないの？」

「研究に感情は無駄なもの……若輩者が余計な茶々を入れるな」

「……わかったよ。もうどうなっても知らない!!」

自分の言葉を聞き入れない正敏を一瞥することなく、楓は正敏の私室のドアをガタンと大きな音を立てながら乱雑に開け、部屋を飛び出した。誰にも会いたくないと大粒の涙をこぼしながら、自室に籠もって嗚咽を漏らすように泣いた。


「……私にはこんな方法でしか罪を償うことができない。許せとは言わない、ただ家族のことを考えていたのは確かなんだ」

楓が去った後、正敏は自分の不甲斐なさに嫌気がさし、机に握り拳を叩きつけた。人はどうして同じ過ちを繰り返すのだろうか。気分転換に窓の景色を見上げると、太陽が雲に隠れていた。正敏は椅子に腰を深く掛け直して、大きなため息をついた。


楓と正敏の親子喧嘩から小一時間が経過した。時計の針が午後五時を指している。正敏の私室をノックする音が聞こえた。正敏はパソコンの電源を落として肩の力を抜き、中へ入れと応対した。

「失礼します。局長、報告です。アミちゃんの脳内メモリのアップデートが完了しました」

桐歌はプリントアウトしたアミのデータを正敏に手渡した。

アミに内蔵されている脳内メモリは、人間でいう記憶を司る海馬と似ている。人は睡眠を取ることで脳のデータ処理を行うが、アミはＡＩのため、睡眠ではなく定期メンテナンスによってデータ処理を行うのだ。

メンテナンスをする周期は二、三日に一度、二時間から三時間の時間を要する。人間の睡眠に当たるとても重要な作業で、一度でも欠かすことがあってはならない。アップデート中のアミは、現在は活動休止中である。

「そうか、引き続きインストールを続けておいてくれ」

「局長、顔色が優れないようですが、どうかなさいましたか？」

桐歌は眉間にしわを寄せ、顔をしかめている正敏を見て、心配そうに声をかけた。

「白井君……実は娘と喧嘩してしまって」

正敏がばつの悪い様子で桐歌に相談を持ち掛けた。

「私の方からも楓ちゃんにフォローを入れておきますから、局長もちゃんと謝ってくださいよ」

桐歌はやれやれといった様子で、子どもを諭すような柔らかな口調で言った。

「そうか、いつもすまない。白井君には娘のことで頭が上がらないな」

「少しは年頃の女の子の扱いを学習した方がいいですよ」

「ああ、善処しておこう。娘に会うならアップデート後のアミも一緒に連れていってくれ」

正敏は桐歌の提案に言葉を詰まらせながら答えた。二人の間に生まれた溝は、一向に塞がる予兆が見られそうにない。

「わかりました。それではまた後で」

桐歌は表情を変えずに踵を返し、部屋の扉を静かに閉めた。

「また喧嘩しちゃった。お母さんはきっと今の状況を悲しんでいるのに……もうどうすればいいのかわからない。誰か教えてよ、お願いだから」

楓は正敏の部屋を出て自室へ行った後、開発局内にある室内庭園のベンチに腰を下ろし、途方に暮れた様子で、深いため息をついていた。咲いている花に話したところで、何の解決につながらないとわかっていながらも問いかけてしまう。

「楓ちゃん、隣座ってもいい？」

桐歌は楓を見つけて庭園に足を踏み入れる。そこは正敏が娘の憩いの場として作り上げた場所であった。空調設備が整っており、四季折々の花が植えられている。普段は自分、楓とアミ以外は訪れる者はいない。また、室内庭園に入るにはパスワードと開発局のカードキーとは別の鍵が必要になる。

桐歌は近寄りがたいオーラを纏った楓のそばまで、躊躇することなく歩いて、朗らかな声で話しかけた。

「別に構いませんよ。どうせお父さんに頼まれたんでしょう？　娘を説得しろって」

「違うわ。私はお話をしに来ただけよ」

桐歌は楓の投げやりな台詞をさらりとかわし、楓の隣に腰掛けた。桐歌は真田家において信頼のおける人間である。唯一、楓とアミの聖域に入ることができ、楓と正敏の間に入る架け橋の役割も果たしている。

「アミのメンテナンスは終わったんですか？」

「無事に終了したわ。あとは二時間ほど再起動するまで待つだけよ。井上さんがチェックを行っているわ」

「それなら一安心です。桐歌さんはこの開発局で長く勤めているんですよね？　お父さんに不満の一つや二つありませんか？」

楓は桐歌からアミの容態を聞き、ほっと胸をなでおろして安堵した。先ほどの父親の暴言が脳裏をかすめ、桐歌が父親をどう思っているか気になり、質問を投げかける。

「ないと言ったら、嘘になるわね。でも、正敏さんは優秀な科学者であることに違いない。天アミちゃんを完成させることができたのは、楓ちゃんのお父さん以外、不可能だった。天才にも欠点の一つはあるものよ。正敏さんは言葉が足らなくて自ら誤解を招いてしまう、他人との距離の測り方が苦手な人だと思うわ」

桐歌は曇りのないはつらつとした声で、正敏の評価を口にした。楓は父親に対する客観的で妥当な判断だと好感を憶えた。父親の長所も短所も述べてバイアスを感じさせないフラットな言葉に思える。

「大人の妥協ってやつですか?」

長所と短所は表裏一体であり、どちらも受け入れて生きる。言葉では簡単に示すことはできる。だが白黒を決めたい楓には、他人の短所を許容することが困難だった。

「そう捉えてもらって構わないわよ。楓ちゃんの場合は複雑な事情があるから、簡単には答えが出せないかもしれない。でも、お父さんから逃げちゃダメよ」

「どうしてですか?」

桐歌は楓の目を見つめ、楓の気持ちを汲む気遣いを表すように、言葉を選んで語りかけた。楓の目には、桐歌の話す姿勢が死んだ母親の面影を想起させた。

でも、楓は父親と向き合う必要があるという話に納得のいくわけがなかった。家族の絆を破壊した人物は、紛れもなく父親だと確信していたからだ。

「家族の問題は一生付きまとうものだからよ」

「ふーん、いまいちわかりません」

桐歌が神妙な顔つきで断言する一方で、楓は足をバタバタとふらつかせ、桐歌の話に興味がないという態度を露骨に見せた。嫌な顔をせず桐歌は温かい眼差しを楓に向けて、室内庭園を後にした。

「頭の片隅に留めておいてくれると嬉しいわ。夕ご飯までにはちゃんと部屋に戻るのよ」

「ええ、少し考えてみます」

楓は桐歌から逃げるかのように立ち上がった。そして水栓にそそくさと駆け寄り、水道の蛇口を思いっ切りひねった。心を落ち着かせるために何度か深呼吸をした後、ホースで花に水をやりながら家族の在り方を熟考した。

前兆

時刻は午後六時頃。

桐歌が開発局の室内庭園から研究室に戻ると、研究員の一人である井上に声をかけられた。井上が報告書らしき書類の束を所持しているのを確認した桐歌は、思わず肩をすくめた。

「真田博士の娘のお守り、お疲れ様です。あれぐらいの年頃の扱いは、難儀なものですよ」

井上は時間に厳しく几帳面で、少しのミスも許さない厳格な男である。正敏と桐歌が信頼のおく研究員の一人だった。眼鏡の奥から光らせる眼力で後輩をビビらせ、仕事を忠実にこなす姿からロボットと揶揄されることもしばしばある。一つ欠点を付け加えるなら、文章を短くまとめることが恐ろしいまでに下手くそなことだ。

「別に疲れる要素はどこにもないわ。女の子には必要な時間よ」

「女心と秋の空は変わりやすいとよく言ったものですね」

井上はずれた眼鏡をかけ直して、皮肉を込めて言った。

「世間話はおしまいよ。ところで、何か用事があるのでしょう？」

桐歌は楓に対する悪口に取り合うつもりはなく、仕事の話に挿げ替えた。正敏の娘として特別扱いされる楓を井上が、面白く思わない気持ちも理解はできなくもないが、同調する気は微塵もなかった。

「まずは報告書です。それに加えて定時連絡ですが……アミのバイタルが不規則なリズムを刻んでいます」

井上は報告書の束を桐歌に手渡すと、声を低くして不穏な知らせを伝えた。桐歌は頭に手を当て嘆息した。

「わかったわ。三十分経過した後、また連絡して頂戴」

桐歌の指示に、井上は「わかりました」と返事をして自分の研究室へ戻っていった。

事件発生

時刻は午後六時三十分。

真田正敏はメンテナンスを終えて再起動中のアミが座る椅子のそばで、今まで蓄積した情報の整理を行っていた。七年前に完成させ、一日も欠かさず収集したアミの記憶メモリ。その数は膨大で、数少ない研究室の一室が全て保管庫になるほどだった。

アミ目線の映像であるが、ありのままの楓が映し出された成長記録。楓は昔から写真を嫌っており、アミや桐歌の頼みであっても断ることがある。そのため、楓の写真や映像が極端に少なかった。

最近だと開発局内で餅つき大会を開催したとき、楓が一生懸命餅を杵で楽しそうにつく姿がお気に入りであった。アミの記憶メモリから楓の記録を編集するのが正敏の研究の中で息抜きできる時間だった。片付けにめどが立ち、慌ただしく自室へ戻る。

正敏は部屋の扉をノックする音が聞こえたため、研究資料の束を片手に振り返った。するとナイフを所持したこげ茶色のセミロングヘアに、見覚えのある服装を纏った人間が立ち尽くしていた。

確かあれは楓が普段着ていたベージュ色のカーディガンに、紺と灰色のチェック柄のスカートだ。

正敏は不思議と犯行を止める気も起きない。死の恐怖より自分への落胆、いや一縷の望みが絶望に変わり、自分の周りに憎悪のオーラが渦巻いて苛まれることに嫌気がさしていた。もう修復不可能なほど、親子の間に亀裂が生じたのかもしれない。

目の前の人間の好きにさせた方がお互い苦しまずに済む。正敏は手を上げて抵抗の余地がないことを表現した。

犯人は躊躇いもなく正敏の腹部にナイフを突き立てた。返り血をものともせずに、何度も何度も繰り返し刺した。日頃の不平不満や積年の恨みを晴らすために。ある人の思いを踏みにじり狂わせた男への復讐のために。

犯人は天罰と称し正敏に手を下した。これは正義であり、世間のために必要な犠牲、正しい選択なのだ。犯人は自分に言い聞かせた。誰かが手を汚さなければ、この男の蛮行は永続的に行われるだろうと。

「これも定めか。因果応報、娘に何一つしてやれなかった」

正敏はこの台詞を最後に、糸の切れた人形のように脱力し床に倒れ、静かに息を引き取った。正敏の双眸には、しっかりと赤く染まった楓の無表情が焼きついて離れなかった。

犯人は血まみれのナイフをその場に捨て、隠し持っていたハンマーを振り回し、部屋中に置かれているアミの記憶メモリを粉々に砕いた。その後、部屋の隅へと消えていった。

同時刻、桐歌は研究員井上の報告を受けた。内容はアミの再起動プログラムの経過だった。

アミの精神状態が芳しくなく、再起動の予定時刻が大幅に遅れる可能性が浮上してきた。また、バイタルの異常が確認されたらしく、現在も継続的にリズムを刻んでいるようだ。

「白井さん、アミのバイタルは相変わらず不安定ですが、プログラムの更新に問題はありません。順調に進めば、午後の七時ちょうどに終わりますね」

井上は大きなあくびをかみ殺し、簡易キッチンでポットからマグカップへコーヒーを注ぐ。

「わかったわ。アミちゃんのバイタルの変化には、細心の注意を払ってちょうだい。井上さん、引き続きよろしくお願いするわ。今回の定期報告は時間厳守だということを忘れないでね」

細かく定期報告の時間を指定した桐歌は、井上の顔を見ずにアミの観察を依頼した。

「白井さんの方こそ時間通りに来てくださいよ」

井上はいつもなら大雑把な時間帯しか伝えない桐歌に対して違和感を憶えた。しかし決められた時間に定期報告できた方が、時間には正確でいたい性分の自分にとって好都合であるため、理由は聞かなかった。

かつて井上は約束の時間に帰ってこなかった桐歌を、研究室に戻るまで待ち続けて日を跨ぐまで自宅に帰れなかったことを思い出した。


時刻は午後六時四十五分。

楓は恐る恐る正敏の私室の戸を叩くが返事がない。違和感を憶え、そっと扉を開けると信じられない光景を目にした。血の池の上に正敏が倒れていたのを発見してしまった。謝ろうと決心して訪れたのに仲直りすることさえ実現不可能になったことが楓の心を痛めた。父親に楓の言葉は届かない。どうしてこうなったの？　私がお父さんに向き合う覚悟を決めた日に最悪な別れになるなんて……。

「本当にごめんなさい。お母さん、お父さん。親不孝でも許して」

楓は今起きた出来事に頭の処理が追い付かず、父親の死体を見て気絶してしまった。そして父親に重なるようにして倒れ込んだ。


時刻は午後七時。

ＡＩアミが無事再起動を終わらせて目を覚ました。自分の部屋に戻り、夕ご飯の支度を始める。

いつもなら七時三十分に顔を出す楓が、なぜか姿を現さない。不思議に思って探してみるが、楓は開発局の室内庭園にも自分の部屋にもいなかった。桐歌に居場所を尋ねると、最後に見たのは庭園だったと証言した。

アミは開発局のありとあらゆる場所を探したが、発見には至らなかった。あと探していないのは普段の楓なら決して訪れることのない、正敏の私室だけだった。

「ここにいるのかな？　真田博士、楓お姉ちゃんがいらっしゃいませんか？」

アミは扉を三回ノックした。真田博士の返事がない。寝ているのだろうか、今度は強めに叩く。やはり反応がない。今日の予定は特別忙しい日ではなかったはず。

普段の真田博士はパソコンの前で険しい表情をして「うーん」とうなり声を上げながら、ひたすらＡＩプログラムを構築している。いくら研究に集中しているとはいえ、気づかないのはおかしい。

アミはそっとドアノブに手をかけて部屋に入る。まず視界に捉えたものは、床の上で寝転ぶ血で赤く染まった楓と真田博士の姿だった。おぞましい光景に思わず声を上げそうになったが、手指で口を塞ぎ、グッとこらえた。

二人のそばへ近寄りあたりを見渡すと、うつ伏せに倒れた楓の手には、しっかりと血が酸化して黒ずんだナイフが握られていた。楓のカーディガンやスカートにも血が付着したのは、ナイフを真田博士に刺したときに返り血を浴びたのだろう。

一方、真田博士には何度も腹部に刺し傷があり、それが血だまりを作った原因に違いないだろう。アミは正敏の脈を測るが、既に息絶えていた。腹部以外の外傷は特に見られず、犯人と抵抗した様子がなく、仰向けの状態で亡くなったようだ。

つまり、真田博士と犯人は顔見知りの間柄である可能性が高いのだ。楓と真田博士の喧嘩がエスカレートし、怒りを胸に抑えることができなくなった楓が、積年の恨みを晴らすためにナイフを使用して正敏を刺殺した。

楓はやがて肉親である真田博士を殺害したことへの後悔の念に駆られ、ショックのあまり気絶した。事件現場が犯行の動機や方法を物語っている。

アミはこの部屋に監視カメラが設置されていたことを思い出した。急いで管理事務室へ足を運ぶ。

管理事務室とは、監視カメラのモニター、鍵の保管庫と防災設備が一つに集約された部屋だ。休憩室を兼ねており、開発局の職員や真田家の人間は自由に出入り可能である。また、消耗品の在庫保管庫としても利用されており、日中帯では人の出入りはそこそこある。

監視カメラの映像を再生すると、アミの推理と同じ結末が映し出された。楓と同じ背丈、髪形や服装をした犯人が部屋に押し入り、書類を整理していた真田博士の腹部をナイフで何度も刺していたのだ。

〝協犯〟する二人

犯人は仰向けに倒れた真田博士に背を向け、監視カメラのある位置へ顔を鮮明に見せた。監視カメラは楓の無表情をしっかりと記録に収めた。その後、犯人は監視カメラの死角へと音を立てずに消えていった。

どういうわけか、犯人が立ち去った後の映像が途切れている。でもこの映像は楓が犯人と示す決定的な証拠だ。警察に発見された場合、楓が犯人として連行されてしまう。アミは最悪の事態を避けるべく、隠蔽工作を開始した。

まずは楓の服とナイフの処理をしなければならない。楓の血の付いた服を脱がせ、自室に戻り用意した私服を着せる。楓の手で握り締められたナイフの指紋をタオルで拭い、その場に捨て置いた。

目を覚ました後、楓が再度真田博士の死体を見て気絶しないためにも、移動させるのが賢明だ。アミは楓を優しく抱き起こし、真田博士の部屋の隣にある仮眠室のベッドに寝かせた。

「楓お姉ちゃん！　何があったの？」

アミは状況確認のためにベッドに寝かせた楓を揺さぶり起こした。真田博士の部屋で何が起こったのか、楓の口から聞きたくて仕方なかった。楓が殺人を犯していないという証言が、喉から手が出るほど欲しかったのだ。

目を覚ました楓は、大きく呼吸を乱して血色の悪い青白い顔で力なく無実を訴えた。

「アミ、信じて。私はお父さんを殺していない。言いすぎたことを謝ろうとお父さんの部屋を訪れたら……既に血まみれで。私はそれを見てショックのあまり気を失ったみたい」

「あたしは楓お姉ちゃんを犯人だと疑わない。きっと犯人に濡れ衣を着せられただけだよ」

「信じてくれてありがとう、でも状況は最悪よね？」

「今、楓お姉ちゃんはかなり不利な局面に陥っているの。この場にとどまるのは危険。一緒に逃げよう」

「逃げた方が警察に疑われる可能性を高めることにつながらない？　正直に話すべきだと思うよ」

楓はアミの提案に首を横に振った。アミの気持ちは嬉しいが、これ以上アミに迷惑をかけるのは本意じゃない。楓は警察を呼ぶために、携帯電話を取りに行こうとした。しかし、アミの告白によって、歩みが止まってしまった。

「それは無理。楓お姉ちゃんが犯人だという根拠になる証拠品がたくさんあったの。その上、あたしが捜査をかく乱させるために偽装工作したから……もう戻れないよ」

アミは険しい表情で楓の腕を掴み、言葉を投げかけた。

今の状態では楓の無実を証明する手立てを揃えることは不可能だ。逃げるにしても調査するにしても時間を稼ぐ必要があった。

「アミ！　自分が何をしたのかわかっているの⁉　容疑者を庇う行為は立派な犯罪なのよ」

楓は正敏殺害の共犯としてアミが警察に逮捕されるかもしれないと憂慮して、アミを叱った。

「そんなことは重々承知の上だよ。でもね、何もしないと楓お姉ちゃんが真田博士を殺害した犯人にされちゃう。あたし楓お姉ちゃんと離れ離れになりたくないよ」

アミは楓の胸に顔を埋めて、今にも泣きそうな声音で訴えた。

世界に一人だけのかわいい妹が、自分の無実を信じて行動してくれたことは素直に嬉しかった。だが、楓はアミをこの事件にこれ以上巻き込みたくない気持ちが勝った。そしてアミの頭を優しく撫でながら諦観したように言った。

「アミが私を庇う理由はないのよ。今からでも遅くない。警察へ一緒に行こう？」

「あたしにとって唯一無二のお姉ちゃんなんだよ！　楓お姉ちゃん、家族のことが心配じゃない妹がいるわけないい‼」

アミは自分と距離を置こうとする楓の態度に、怒りを爆発させた。家族なのにどうして他人事のように冷たくあしらうつもりなのか、理解できなかった。

「アミにだけは迷惑をかけたくない。これはお姉ちゃんとしての意地なの。私はもう誰も失いたくない」

「楓お姉ちゃん、独りで全て抱え込もうとしないでよ。あたしたちは血がつながってなくても立派な家族だと思っている。この前、楓お姉ちゃんが教えてくれたじゃない？　家族は楽しいことも苦しいことも分かち合うものだって」

家族として楓の力になりたいとアミは訴えかける。しかし楓にはアミの懇願が響かず、厚意を無下にするように、こう話してしまった。

「罪を犯したかもしれない姉を匿うことが妹のするべき行動なの？　私が無意識のうちにお父さんを刺殺した可能性だってあるのに」

「心優しい楓お姉ちゃんが、実の父である真田博士を殺害するなんて有り得ない。犯人は二人の関係をよく知る人物だと思う。外部犯なら、わざわざ楓お姉ちゃんに罪を擦りつけるような手間をかけないはずだよ」

楓が犯人だと決定できる証拠を見たせいなのか、楓を犯人だと思い込みたくなった。しかしアミは今まで一緒に過ごしてきた楓を信じてその疑念を振り払った。

「楓お姉ちゃんが相手を大切に想うのと同じくらい、相手だって楓お姉ちゃんを想っていることに気づかないの！　一方通行なんてあまりにも悲しすぎるよ‼」

アミには、父親の死を一人で抱え込む楓の姿勢と、大切な人を傷つけたことに悔やむ春が重なって見えた。楓も春も決して自分のことを大切にしない、自分自身を責め続けるのだ。アミは二人が互いを好き合っていたから決別したのかもしれないと考えた。

アミが迷子になった本当の理由は、楓の好きな男の一面を一度見てみたかったからだ。社交的ではない春がアミに声をかけやすい状況を作り出し、アミは春の行動パターンを分析して、春が訪れそうな場所で張っていたに過ぎない。アミは春と二人で同じ時間を過ごしてわかったことがあった。

春は自分には厳しく他人には優しすぎる、損や苦労の絶えない性格の持ち主であることだ。楓と酷似しているのだ。相手のお願いに対して面倒くさそうに振る舞うが、嫌な顔は一切しない。優しく手を差し伸べる存在だ。

一つ誤算があり、迷子を装うつもりが本当に自分が迷子になってしまったことが、アミの想定外の出来事だった。

「お母さんもお父さんも結局私に何も話してくれなかった。大事なことを知るのはいつも誰かが死んだ後。もう私は同じ過ちを繰り返す、負のスパイラルから抜け出せなくなっているよ」

血色が悪く青ざめた楓が、意気消沈した様子で呟いた。

「楓お姉ちゃんは何もわかってない。お母さんの想いも。真田博士の気持ちも。二人の願いを曲解するのはよしてよ」

「私には誰かに大切にされる資格はないもの」

「……大切にされる資格って何？　誰かを想うこと、ましてや家族を想うことに損得勘定は存在しないよ。私は楓お姉ちゃんより短い人生しか生きていないけど、親切が何かについて、胸を張って答えられることがあるの」

アミは楓の両手をしっかりと掴み微笑みかけた。

「どうしてアミにはわかるの？」

「人の善意は理由を伴わないもの。その人から滲み出る優しさや人柄だとある人が教えてくれたの」

「一理ある回答ね。ある人って誰？　お世辞にもアミの交友関係が広いとは言えないし。少なくともアミが一人で思いつく代物ではないのは確かね」

「せっかくいい感じの台詞を決めているのに横やりを入れないで、楓お姉ちゃん」

楓はアミの発言が覚えたての言葉を使いたくなる子どものように見えたが、その考え方自体には共感でき、アミの言葉がストンと腑に落ちた。アミは頬を膨らませ、ばつが悪そうにそっぽを向く。

「まあ、いいよ。この場は私が折れるとするね。アミが家出したときの話を根掘り葉掘り聞かせてもらうことで、手を打つことにしましょう。特にアミを家まで送り届けてくれた男について。私のアミに相応しい男か色々試したいこともあるし」

楓が落ち着きを取り戻し、品定めをするような目つきでアミの知り合った男を想像した。

「楓お姉ちゃんが彼を追い詰めすぎないか心配だよ。あたしを本気で叱るときも背筋が寒くなるくらい怖い表情しているし」

「別に悪いことをしていなければ糾弾はしないからね。なんかアミの性格が少し歪んだ気がするのは、私の思い過ごしかしら？」

楓はアミの叱られても反省しないいたずらっ子のような態度に呆れて、額に手を置き、頭を悩ませる様子を見せた。

「彼の影響がおそらく大きいかも。迷子になった純粋無垢なあたしにあらゆることの手解きをしてくれたし。口は悪いけど、面倒見がいい人だったよ」

「勉強嫌いなアミが急に勉強し始めたのも、家出をしたときとちょうど同じ時期よね？」

楓はアミが家出したときを回想して、アミの思い人を擁護する発言から大切な人だと感じていた。

「うん、あたしがどれほど世間知らずか、思い知らされたいい経験だったし。次に会う機会があれば、成長したあたしを見せて驚いてほしいと思ったからね」

「アミから溢れるエネルギーは恋のパワーかしら？　アミの女子力が眩しい」

妹の著しい成長を喜ぶ楓は、アミに羨望の眼差しを向けた。

「恋かー、この感情の名前を片想いと定義すると、やがて両想いや愛に昇華するといいな」

胸の奥がじんわりと温まるアミは、春と一緒にいたときのことを思い出していた。

「ところで、アミ。どこかいい隠れ家を知っているの？　一概に逃げると言ってもずっと移動していたら、いずれ体力や資金が底を尽き、警察に逮捕されるのは目に見えているよ。私たちだけで調査するには限界があるし。協力者が必要よ」

「一つだけ心当たりがあるの。真田博士以外開発局の誰も知らない、とっておきの場所がね。協力者もそこに来てくれるよ。今度こそ約束を守り通すために」

アミは楓の心配事に対して目つきを鋭く輝かせた後で、指をパチリと鳴らして答えた。

「意味深な発言だわね。アミ、道案内を頼むわ。とにかく誰にも見つからないようにここから出るよ」

「了解。誰かの足音が聞こえるね。真田博士の部屋が防音壁でできているからっていうのもあったけど、ちょっとおしゃべりが過ぎたみたい。何とか打開策が見つかるといいね」

楓とアミはジェスチャーで進行方向を確認した後、息を殺して誰にも見つかることなく開発局を去っていった。

ニュース速報

季節は冬。一月二十三日。それは年が明けて、まだ四週間も経たない頃。

春は無事に大学の定期テストを終え、待望の二ヶ月の長期休暇を迎えていた。

休みの日はとても好きだ。誰にも邪魔されず、一日中趣味の読書に耽ることができる。

仮に隠居生活をするなら、埋もれるほどに山積みされた本に囲まれながらショパンやモーツァルトなどのクラシック音楽を流し、ベッドで横になって読書に耽りたいものだ。本は読者に新たな世界を見せてくれる。

小説はほんの数時間で、主人公の人生を疑似体験できる非常にありがたい存在である。特に運動を好まない春には、異世界を旅する冒険物語やスポーツを絡めた青春小説がお気に入りだった。

昨日春は買い込んだ本の山を整理して、夜遅くまで読書をしていた。そのため、生活リズムが崩れ、習慣だった朝六時に起きることができず、昼過ぎに目が覚めた。

休日だから可能な規則正しくない生活は、春にとって珍しいものであった。普段の生活では、月曜日から金曜日の間の一限から四限まで授業のコマは埋まっていた。その上、毎週月曜日に実験や調査のレポートを仕上げて、パソコンから大学のサイトに送信しなければならないからだ。

春は軽く遅い朝食を済ませた後、またベッドに寝転んで本を三冊ばかり読破した。外の景色を眺めるといつの間にか日が落ちていたのでカーテンを閉めるために身体を起こした。既に時計の針は午後八時を示していた。夕飯の準備をしなければならないと肩を落とし、キッチンへ向かった。

実家暮らしなら家族が自動的に飯を作ってくれるが、一人暮らしの面倒なことの一つに朝昼晩の三食料理を準備する必要がある。

今日は包丁を出して野菜や肉を切ったり、食後の後片づけや皿洗いをしたりすることが、非常に面倒くさくなった。そのため電気ポットでお湯を沸かし、インスタントラーメンを今日の夕食に決定した。

ラーメンを食べ終えた後に、長時間同じ体勢で寝そべっていたことに気づいたため、肩が凝り揉んでほぐした。軽い柔軟体操を終えた後で、気分転換に何か面白い記事がないか、乱雑に床へ置いていたスマホを拾い上げて探した。

突如、目に飛び込んできた一つのニュースに興味が湧いた。

本日午後六時頃、ＡＩロボットアミが国立ロボット技術開発局局長の真田正敏博士を殺害し、現在逃亡中。なお、殺害された真田正敏さんの娘、真田楓さんが行方不明という情報があり、誘拐事件の可能性を示唆した上での捜査を行っている。また、事件関係者に事情聴取を取ることができず、犯人の捜査が難航している。

テレビの報道キャスターが、淡々とした口調で速報をアナウンスしている。指名手配犯の写真をちらりと見ると、目を見開いたまま手にしていた本を落としてしまった。テレビの画面に映し出されていた人物は、幼馴染みの面影をにおわせる真田楓だったのだ。

目をこすり、大切に飾ってある写真立てと比べて何度も確認したが、その事実は覆ることはなかった。楓が殺人事件に巻き込まれたのか。しかも犯人に誘拐されただと。アミというＡＩロボットにも見覚えがあった。

しかし、春が覚えているアミは、世間知らずで方向音痴な女子高生だった。そんなアミがとても殺人を犯すような人物には思えなかった。楓とアミの関係性が見えてこない。まるでねじれた縄同士が絡み合って、解くことが不可能に近い結び目のように複雑化しているようだ。

春はすぐにニュースの矛盾に気づいた。今日起きた事件にもかかわらず、マスコミに情報が洩れる時期が早すぎるのだ。また、警察によるある程度の報道規制がかかるはずなのに、事件発生の時刻や犯人の詳細が、正確に伝達されすぎている。

また、警察がアミに逮捕状及び指名手配をする時期も早すぎるのだ。裁判所が発行する逮捕状は、早くて数日は時間を要する。決定的な証拠がない限り、裁判所は被疑者の身体や行動の自由を奪い拘束する逮捕状を発行することは渋るはずだが、今回は早急に事が運んでいる。

警察は一日程度の失踪では一般家出人と判断し、まともに取り合わない。たかが一日行方不明になったぐらいでニュースで未成年者の名前が公表されるのがおかしいのだ。この矛盾のはらんだニュースの送り主は、何を伝えようとしているのだろうか。

「このニュースはおかしい。犯人が俺にこんな情報を提供するわけない。自分が犯人だと暴露するような行為だし。リスクが高すぎる。犯人の逃走を妨害したい奴がいるのは確かだな。そいつらが俺に助けを求めているのか？　この場合は楓とアミの両者だと考えるのが妥当か」

春は冷静に分析したつもりでいるが、呼吸が荒くなっていた。脂汗を拭って一片たりとも触れたくないトラウマを回顧した。

春は中学生のとき、真田楓の家族の問題を解決すると楓に約束したが、その約束を破った。その結果、楓は自分の母親を失い、追い打ちをかけるように春が引っ越ししてしまい、頼りになる人間がいなくなってしまった。春は楓が裏切りとも取れる言動をした自分の力を借りてくれるのかと自答するが、当然答えが出ることはない。

『今度こそは楓を助ける』と捨て台詞を残し、彼女の前から逃げ出してしまったことにひどく後悔していた。今回も二の足を踏んで二人を窮地に陥らせてしまうかもしれない不安に駆られた。

春は楓を見捨てたことをひどく後悔し、次に再会する際には、楓の力になってやると心に誓い、今まで何とか生活していた。今が彼女を助けるときじゃないのかと、自分に言い聞かせた。

おそらく楓とアミは無関係じゃないはずだ。仮に犯人がアミなら、楓が庇う理由が不鮮明だ。その逆も納得できない。その謎を解明するには、楓とアミに会う必要がある。もう二度と同じ愚かな失態を犯したくない。約束を守ったことを証明するために、春は実家へ帰省することを決意した。

この前実家に顔を出した際に成人式の話題があがり、楓が成人式の実行委員会のメンバーとして活動していたと耳にしたからだ。成人式は自分の現住所で開催される場所に参加することが原則であり、楓が現在地元で暮らしていると春は判断した。

俺に助けを求めているというのは楓が俺の一方的な口約束を信じてくれたと、仮定したときに成り立つ馬鹿げた話ではあるが、それ以外考えられなかった。腕時計の時間を確かめると、針が午後九時ちょうどを指していた。春は慌ただしくハンドバッグに財布とスマホを詰めて家を飛び出していった。

　春は身体がソワソワと貧乏揺すりをするのをこらえるように、拳を固く握り締めた。こうしている間にも、楓やアミが逮捕されてしまうかもしれないと考えると、一分でも時間が惜しかった。一時間電車に揺られ、駅から徒歩三十分で目的地に着いた。

再会

時刻は午後十時半過ぎ。人通りが全くなく、街灯の明かりは所々電池が切れており、不気味な雰囲気を醸し出していた。

ここは楓と最後に会って約束した場所、みどり公園だ。夜遅いこともあるが、昔と変わらずさび付いたブランコと塗装のはがれた滑り台しかなく、閑散とした場所だった。

そんなところだが、春と楓にとっては二人が初めて知り合い、そして決別した忘れることができない思い出の地だった。楓が警察から身を隠すならここしかないと確信している。

……周囲を見渡すと一人の少女がベンチに縮こまるように座っていた。

「君が真田楓か？」

春は少女がこのままでは風邪をひくと危惧して声をかけた。少女が目をこすり大きなあくびをして身体を起こす。その様子を見ると、長い時間待たせていたようだ。真冬の夜に居眠りをするとは。凍死でもしたらどうするつもりなのだろうか。

「覚えていてくれたんだね、春君。あの日から私はずっと春君が助けに来るのを待っていたんだよ」

楓は突然ベンチから立ち上がり、春の胸に飛び込んだ。シャツをくしゃくしゃと握り締め、嗚咽をこらえるような声で泣きじゃくる。春はそんな彼女を見て愛おしく思えた。

「待たせて……ご、いやその言葉は相応しくない。また、こうして会えて嬉しい」

春は謝罪の言をグッとこらえた。再会の喜びを伝え、楓の肩を優しく抱きしめる。やはりここに来て間違いではなかったと安堵した。

「うん、私も嬉しいよ。もう他に誰も頼れる人がいなくて……ここに逃げてきたの。春君ならきっと助けてくれると信じていたから」

「手を貸してほしくて待っていたことはわかっているよ。俺に最後のチャンスをくれないか？」

楓の不安に満ちた双眸を見た春は、弱々しい口調でそう言った。

「いいよ、でも今度は……逃げないでよ。まずそれを約束して」

「ああ、二度と楓の期待は裏切らない。約束を守ることが、俺の唯一の才能だから」

春は楓の吐き出された言葉に心臓を鷲掴みされたような感覚に陥り、砂を含んだ口の中のようにひどく渇いた。一度咳払いをした後で、絞り出すように言葉を紡ぐ。

「やはり、春君は昔と変わらず春君のままだね。本当に憧れちゃうよ」

春の返答に力強さを感じた楓は、羨望の眼差しを向けた。

「楓だって変わってない。別に変わっていようとも、変わらなくても楓は楓だ。俺はどんな楓でも受け入れられる」

「本気で言っているの？　その言葉に後悔しないでね」

楓は熱に満ちた語り口と表情で春にじわじわと迫ってきた。春は身体を少し引く。冬の寒さを忘れるほどの暑さから逃れたい衝動に駆られた。

「……それで俺は何をすればいい？」

「春君にお願いしたいことは……ある人とデートしてほしいの。これが最初のお願い」

「はっ⁉　もっと他にあるだろ？　君は自分が置かれた状況を理解しているのか！」

春は楓の素っ頓狂な要望に声を荒らげてしまった。てっきり犯人捜しを依頼されると思っていた春にとって、驚きを隠せずにいた。デートをすることが何につながるのか。しかも見知らぬ人間と。罰ゲームとしか思えない。

「だから春君にしかできないの。他の人じゃ務まらない。相手もそれを望んでいる」

「相手って誰だ？」

「ここには呼んでいないの。何かと不都合が生じるから、場所を変えるね。ついてきて」

「おい、質問に……答える気がないのか。何となく予想はつくが……」

楓の真意は雲を掴むのと同じくらい不鮮明であるが、春は楓を真っ直ぐ見据え続けた。楓は春の目線から逃げ出そうとしない。やがてゆっくりとした足取りで歩き始めた。春は踵を返した楓の背中を追った。

楓に連れてこられた場所は、工業団地の一角の廃工場だった。雑草が荒れ放題に生えた状態で、朽ちた立入禁止の看板の様子を見るに、人の出入りは全くないようだ。

楓は看板を無視して敷地の奥へと闊歩する。やがて小さなプレハブ小屋へとたどり着いた。ギギギと油の切れて擦れたドアを開け、春を室内へ案内する。

プレハブ小屋の中には、水栓とシンクのある小さなキッチンがあり、その隣にはガスボンベ式のコンロが置かれていた。古い型ではあるが、冷暖房のエアコンもあって休憩室のようだ。

春はキッチンまで歩き、プラスチック製の食器が三人分汚れ一つなくきれいに洗われて乾燥していることに気づいた。

他にも何かないか視線をキョロキョロさせて探すと、部屋の隅にポツンとハシゴがかけられた物置のような空間を見つける。あれは何だと首を傾げた春は、キッチンで作業する楓に質問した。

「楓、ハシゴの先にあるスペースは何なんだ？」

「あれはロフトよ。大人が横に寝そべっても余裕のあるくらいの広さはあるの。別に大したものは置いてないわ。気になるなら、実際に見てくれば？」

「それは大丈夫だ。もしかして誰かがロフトにいるんじゃないか？」

「うん、いるよ。紹介したいから呼んでくるね」

楓はハシゴを登って「下りてきて」とロフトの中にいた人物に声をかけた。読みかけのマンガ雑誌を片手に持ちながら一人の少女が、ハシゴから下りて気さくに挨拶した。

「久しぶりだね、桐生春さん」

「……久しぶりだな、アミ」

家出をして迷子になっていた少女アミと、予期せぬ再会を果たした春はハッと息を呑んだ。

「お湯が沸いたみたいだし、お茶淹れてくる。二人は座って待ってて」

楓がキッチンまで小走りで向かい、お茶を淹れる準備を手際良く始めた。一方アミはマンガ雑誌をテーブルの上に置き、畳まれていたパイプ椅子を三脚用意して座った。

楓がお茶を持ってきたところで、春は楓に問いを投げかけた。

「楓、アミがデートの相手なのか？」

「そうよ。彼女の名は真田アミ。私のお父さんが作ったＡＩで、人類史上初めて人間になった私の妹よ」

楓は苦虫を噛み潰したような顔つきだった。余程のことがない限り、父親について語りたくないらしい。

「彼女がＡＩだと⁉　楓の双子の妹ってことじゃないのか？」

何度見比べてもアミの見た目は、やはり楓と瓜二つだ。最初に春がアミと会ったときの違和感がようやく解消された。喫茶店で飲み物に口も付けなかったことや電車の乗り方を知らないことのつじつまが合った。はつらつとした声も髪を撫でる仕草も人と何一つ変わらない。ここまで機械が人に近づいたのか……春はアミがＡＩロボットであることに心底驚かせられ、日本のＡＩ技術に圧倒されてしまった。

「私は正真正銘の楓の父、真田正敏博士に作られたＡＩアミです。容姿・思考・行動プログラムは真田楓のデータを使用。春さんのおっしゃる通り、楓の双子という表現は、的を射ているかもしれません」

アミが与えられた命令に従う忠実なロボットのように答える。その事務的な回答からは何とも言えない寂しさを滲ませていた。

「半年ぶりだな。アミ、今まで元気にしていたか？」

「お陰様で、少しは成長したつもりだよ」

「アミの雰囲気ががらりと変わって、一瞬誰だか気づかなかった」

アミはかつて会ったときの、無邪気でありとあらゆるものに興味関心を抱く幼い印象とは打って変わっていた。わずか半年ほどで箱入り娘から、年相応の少女に変貌したその姿に、春は驚きを隠せなかった。

「女の子は日々変化する生き物だしね」

「……どうしてアミは俺とデートしたいんだ？　その理由を聞かせてくれ」

御託を並べずに春は単刀直入に尋ねた。

「とても優しく親切に案内してくれたから、お礼がしたくて。まさか、楓の幼馴染みとはよくできた偶然よね」

「本当に偶然なのか？　つくられた必然じゃないのか？　ＡＩならそれくらい造作のないことだろ。俺は君を信用できない」

春は独特な雰囲気を作り上げ、つかみどころのないアミの態度に苛立ちを憶え、鋭い目つきで糾弾した。

「でも、楓お姉ちゃんの言葉は信じると……。いいなー楓お姉ちゃんは。春さんに愛されて」

「……話をそらすな。君の考えていることが読めない。一体何が目的なんだ？」

春は殺人犯かもしれない人物とデートをする、その状況を想像してみると脂汗で着ていたシャツを濡らしてしまった。もしかしたら楓はアミに脅迫され協力を強いられているのか。あるいはその逆か。いずれにしても二人が何かを隠しているのは明白だ。……判断を下すには情報が少なすぎる。

「険しい顔は怖いよ。……デートをするのに理由が必要なの？　そんなの決まっているじゃん。春さんが好きだからよ」

アミは両腕を広げ、春に屈託のない笑顔を見せた。恋愛は理性や論理ではなく感情。春はアミの言葉の裏に何かあると勘繰ってしまう。理解できないことへの恐怖が支配していた。冷静を装うためにアミへ憎まれ口をたたいた。

「おい、一度会ったことのある奴に惚れたってことか？　俺は一目惚れを信じない口の人間だが……」

「信じるも信じないも春さんの勝手よ。あたしが楓お姉ちゃんに無理言って頼んだことだし。でもここまで来たってことはあたしに付き合ってくれるってことでしょ」

アミは春を妖艶な眼差しで、品定めするように見つめる。断られる可能性がゼロと確信しているような表情。無論、春には彼女の要求を拒むことはできない。

「そ、それは……」

「逃げないって約束したよね。反故にするの？」

楓は言葉がはっきり出ない春を強く詰問する。

「わかっている。……デートすればいいんだろ」

そう、春は楓と約束したのだ。もう何があっても逃げないと。自分のちっぽけなプライドを守るために。

二人の意図は委細不明であるが、ここは素直に従うのが吉だろう。

翌日午前十時。廃工場近くのショッピングモールにて、春はアミとのデートを開始させた。生まれて初めてのデート、女の子が好きなことなど一度も考えたことがない。大学では友達がいなくて、いつも独りだ。

空きコマは全て図書館で読書して時間を消化する毎日。たまに出掛けるにしても、一人旅や本屋巡りで他人と時間を共有することはない。その上、アミが何を望み、何を求めているかわからないことが、デートの難易度を跳ね上げていた。

開始早々、特に話す話題がなく無言のまま街をぶらつくことになった。重たい空気に飲み込まれて思うように言葉が出てこない。

「緊張してるの？　女の子は感受性が高いから、その空気が伝染するよ」

「……別に楽しいデートを依頼されたわけじゃないから、これで構わないだろ」

春はアミに心の内を指摘され、動揺を隠せず声を裏返してしまった。デートの序盤でいきなり駄目出しを受けて肩を落とした。

「前に会ったときとは大違い。変に着飾らないでほしいな。自然な春さんとお話ししたいし。何かあたしに隠し事でもあるの？」

「特に何も。単に自然な振る舞いをすることが苦手なだけさ」

「あたしのイメージしたデートプランが崩れ落ちる音がするよ」

肩を落としたアミが、声を低くしてそう言った。

「アミはとりあえず肩の力を抜け。ギクシャクした空気はお互いのためにならない」

春の指摘にアミは何も言わなくなっていた。半年前とは状況が異なる。どちらかが真実を話さなければ状況は悪化の道を辿るだろう。話してくれるまで救いの手を差し伸べることはできない。言葉を待つことしかできず、じっとアミを見つめた。

「やっぱりあたしから余裕がない感じが伝わるの？」

「ああ。普通の自分を繕って無理をしているところをうまく誤魔化したってところか」

「問題の先送りにしかならないよね。でも、あたしは自分に折り合いをつけるためにこの時間は必要だったと思うんだ」

顔を上げてショッピングモールの天井を眺めるアミから儚さを憶えた。ゴールの見えないマラソンを走り続けるような泥沼に嵌り込んでしまったように見えた。

「楓に言えない話があるんだろう？　俺なら受け止めてやるよ。でなきゃ、わざわざ付き合ったりしない」

「また春さんに頼ることになりそう。あたしってば、助けてもらってばかりだね」

アミは自嘲気味な声を上げて落胆した。人々の往来や喧騒の音が、嫌になるほど気になる。春は注意をそらした後で、アミが俺に依存したと思い込んでいることに気づいた。アミの吐息や瞬きの音がどうやって出るのか、知りたくもなかった。

「アミの目的を話してくれ。先ほどは声を荒らげてすまなかった。俺は君を信じるに値する根拠が知りたいんだ」

「……春さんを呼んだ目的は、楓お姉ちゃんを助けてほしいからだよ。でもね、あたしと楓お姉ちゃんの容姿はそっくりで、真田博士だって間違えるぐらいなの。家族でもない春さんが、あたしたちを見分けられる方が信じられないよ！」

『信じる』という言葉を耳にしたアミは、烈火のごとく怒った。春は不用意な発言をしたと反省したが、後の祭りだった。

「決してアミを疑うつもりはないんだ。俺はただアミのことを理解したいと思っただけで……」

冷や汗を滲ませた春は、不祥事が発覚し、苦し紛れの答弁をする人のように話した。アミが心を開いて話をしてくれる好機を、自ら潰した失言に慚愧の念が堪えなかった。

現在、楓とアミは警察から追われる立場であり、味方が少ない状況に陥っている。そんな窮地に追い込まれた場面で、信じられる根拠を示せと求めることは、相手を信頼していないことと同義だ。

「理解したいと思ったのは、あたしが真田博士を殺害した犯人だと考えているから。その上、あたしと楓お姉ちゃんがそっくりであることも知っていたから、双子の姉妹みたいって言えたんでしょう？」

畳みかけるようにアミは、事件について話し始めた。

「事件の犯人も二人の容姿が瓜二つであることも、ニュース速報を見たからだ。何かおかしな点があるのか？」

「うん、そんなニュースは、どのメディアでも報道されていないから。警察が報道規制をかけて極秘裏に捜査している事件なの。ほんの一握りの人間しか知らない情報なのに、どうして春は知っているの？……ニュースで知りえたはずがないことだよ」

アミは一度深呼吸をした後、真剣な表情のまま春を見つめた。その姿を見た春は、既にアミが矛を納めていると気づいた。あのニュースが報道された意味について理解しているのか、試しているみたいだ。

「ニュースは偽物だろ。俺を呼び出すために必要だった。君たちが助けを求めていることは、すぐにわかったよ」

「あれだけの情報でここまで来るなんて、相変わらずの推理力と観察眼だね。それだとあたしがフェイクニュースを作ったこともお見通しかな？」

アミは自身が迷子に扮したときに、的確な判断で家まで送り届けた際に発揮された春の頭の回転の速さに舌を巻いていた。そのため、今回の事件ももしかしたら春が解決してくれるかもしれないという一縷の望みをかけて、アミはフェイクニュースを送ったのである。

「やはりフェイクニュースを作ったのはアミだったのか……君は何がしたいんだ。その意図がわからず、ずっと気がかりだった。冗談半分でこんなことをする暇はないはずだろ?」

「まさに真田博士刺殺事件のことを話したかったの。ある程度事件の概要を知ってほしかったから、フェイクニュースを作ったんだ。そして春さんのスマホをハッキングして無理矢理流したんだ。今さらだけど、巻き込んでしまってごめんね」

もの思いに沈んだ表情を浮かべたアミは、申し訳なさそうに視線をそらした。

「別に気にしていない。一つ気になることがある。あのニュースで一番不自然な箇所があった。本当は警察がアミではなく楓を犯人として捜査しているんじゃないのか?」

春は裏付けとなる証拠や証言を求めるように、アミに疑問を投げかけた。

「うん、大前提の犯人がつじつまの合わないなんておかしな話よね」

「普通の人間ならにわかに信じがたい話に聞こえるが、俺を呼び寄せるための餌なら十分。事実、今ここに俺がいるのが成功した証しだろう」

「幸先(さいさき)は上々かな。ここから巻き返すことが可能かどうかはわからないけど」

アミは首を横に振って目を静かに閉じた。その様子を見て、春はアミがこちらに視線を向けるまで待ってから本題を聞くことにした。

「アミが俺に頼みたいことを教えてくれ」

「あたしも楓お姉ちゃんも殺人は犯していない。春さんに真犯人を見つけてほしいの」

アミは拳をぎゅっと握りしめてそう言葉を口にした。

「わかった。必ず真犯人を警察に突き出してやる。もう一つ質問させてくれ。警察が楓を犯人と断定した根拠は存在するのか？」

「あるよ。けれど……それが何か楓お姉ちゃんは知らない。あたしが敢えて教えなかった。混乱させたくなかったし。証拠品の信憑性を含めた調査をお願いするね」

「なるほど、楓の言った通り逃げたくなるな。よしこれで暗い話はおしまい」

春は両手をわざと大きな音を鳴らすように叩いた。状況は最悪であり、情報も少なく八方塞がりであるが、春は事件解決に向けて覚悟を決めたのだった。

「えっ、そんなにあっさり切り替えられるものなの？」

アミは春の言葉に耳を疑い、口をぽかんと開けて足を止めてしまう。

「アミが最初に言ったことを早速実践したんだけど……緊張が相手にうつる。だから、今を楽しもうと気持ちを入れ替えた。楽しいデートをするんだろ？」

この際春は、アミが楓の父親を殺した犯人かどうかは、あまり重要だとは思わなかった。

なぜなら楓との約束を守ることが最重要課題だからだ。約束を守ることが春にとって、唯一楓に示せる信頼の証しであり、楓に嫌われたくないという気持ちの方が強かった。

「春さんって人が良すぎ」

「いや、そうでもないと思う……楓とアミが互いに信じ合っているから、俺に事件のことを打ち明けてくれたんだろ？　それを見せられたら疑いようもない。俺はただ楓とアミを信じるだけだ」

「人間とＡＩの間に友情はあると思えるの？　この話の全てが偽りの可能性だってあるのに」

アミは自虐的に微笑むが、目は笑っていなかった。春はアミがＡＩであることに悩み、アミにしか理解できない問題に葛藤する姿が想像できて、心苦しさを感じた。

「アミがＡＩだろうが人間だろうが問題じゃない。結局のところ、アミは優しい女の子である事実は変わらない。それが俺のアミを信じる理由。だからさ、そんな暗い顔すんなよ」

励ますように語りかける春は、曇った表情を見せるアミの頭を優しく撫でた。

「ＡＩも人みたいに恋するんじゃない、あたしがアミだから好きになったんだ」

アミが肩の力を抜いてリラックスした様子で、屈託のない笑顔を浮かべる。

「第一にアミが犯人なら、リスクについて語らないはずだから、アミはアミらしく女の子でいればいいと思う。そんな君が好きだ」

　春はアミの笑顔に見惚れつつ、照れ隠しに頬をかく。アミには暗い顔は似合わない、笑顔でいてほしいと切に願っていた。

「そんな風に言ってくれてありがとう……やっぱり春さんの隣は、楓お姉ちゃんに譲りたくないかな」

　アミは蚊の鳴くような声でそう呟いた。

「何か言ったか？　よく聞こえなかったんだが……」

「何でもない。それじゃ、デート再開しよっか！」

　春は楓の要求通りＡＩアミとのデートを遂行した。二人はショッピングモールで流行の服を試着、クレープを買い行儀悪く食べ歩き、カラオケ屋でマイク離さず二時間熱唱など、アミが一度やってみたかったことリストを参考にして一つずつ消化していった。そして一休みに喫茶店に入った。

「ふー、遊んだ。ちょっと羽目を外しすぎたよ。もうくたくた……」

　椅子の背もたれに寄りかかったアミは、疲れた表情を見せるが、満足そうに息を弾ませていた。

「アミが楽しかったなら、デートとしては上出来だと思う」

「楽しいに決まってんじゃん!!　春さんが全力で付き合ってくれたからだよ」

「……そうか。俺も楽しかった」

火照る顔を手で扇いだ春は、素直に感想を述べた。

「必ずまたデートしようね！　約束だよ‼」

と、アミは小指を春の前に向けた。その仕草から指切りだと判断した春も小指を差し出した。そしてお互いの小指を曲げてひっかけ合った。

「わかった。今度はどこに行くか迷うな……」

「次は春さんがデートプラン考えてよ。今回はあたしが用意したからね」

アミは上目遣いで春に訴えかけた。

「はいよ、期待に応えられるよう努力する」

満更でもない春は、アミと一緒に楽しめそうな施設について思考した。

二人がデートを終えて廃工場へ帰ると、楓が手慣れた様子で料理を作っていた。鍋がぐつぐつと煮込まれていて、香辛料の香りが室内に広がっていた。

「聞かないの？　デートがどうだったか」

にこにこと人懐こい笑みを浮かべたアミが、料理をする楓に話しかけた。

「そんなことしなくてもわかるよ……さぞや楽しいデートだったことでしょうに」

楓は妬ましそうな声で言った。

「えへへ、今日『恋』って何かを春さんに教わったんだ」

「春君……昔と変わらず鈍感よね」

「……そんな記憶はないのだが……」

軽蔑の感情を込めて睨み付ける楓に対して、春は小さな声で反論した。

「……もうすぐカレーできるよ。後で詳しく聞かせてもらうからね」

楓が鍋をかき混ぜながら、春とアミに座って待つように言った。二人は席について待つことにした。

「俺はただ楓のお願いを忠実に遂行しただけなのに……どうしてこうなった」

「真面目かつ真正面からあたしと向き合ったせいだと思うよ」

アミは大きくため息をついた春の肩を叩いた。

「そうでもしないとお互いが本心を隠し合ったままだろ。そんなの友達とは言わない。俺は気に入った相手について、ある程度理解しないと気が済まない質だから」

「それが春君のいいところでもあり、同時に悪いところでもあるんだよ」

キッチンに向かっていた楓が、二人の座る方向へ向けて口を挟んだ。

「人間の性格って面白いね。まるで薬の作用と副作用の関係みたいだね」

アミの発言に付け加えるように、春も話し始めた。

「性格は捉え方によって長所にも短所にもなりえる。薬も使い方次第で毒になってしまうから、そういう意味では似ているかもしれないな」

「明日は私に付き合ってもらうから、これが二つ目のお願いよ」

楓はコホンと咳払いをした後で、カレーライスをテーブルまで運んできた。

「……わかった。約束は守ろう」

春は難しい表情をしながらカレーライスの入った皿を受け取った。

「もう時間がないかもしれないしね、明日が限界かな」

楓のボソッと呟いた声が聞こえたが、春は敢えて反応せず無視して、カレーライスを食べ始めた。

春は何も気づいていなかった。いや、それは心の奥底ではわかっていたことだ。楓とアミの願いを聞くことは、問題の先送りでしかない。約束を守ることが彼女たちの首を絞める結果につながる現実。彼女たちの関係に亀裂を生じる危険性。

春はそれらの問題を棚に上げ、約束を守ろうと信念を固持する理由は、変化をひどく嫌うからだ。現状を変える力を発揮するのは恐ろしい。

他人の人生に大きく関わるという責任。当時中学生だった春は、無知で感情的に行動するほかなかったのだ。今の状態を受け入れ、流されている方が現状以上の悲劇に見舞われることはないと知っている。

悪い方向にばかり考えて、自分が責任を問われずに済む逃げ道を作りたくて、相手の望む要求に全力で応えるのだ。

「アミとのデートは楽しかった？」

　楓は食器を片付け洗い物を水につけながら春に尋ねた。

「ああ、それはもちろん。及第点だったと思うけど」

「アミの笑顔、久しぶりに見たよ。アミはね、ずっと研究所の中にいた子なの。あまり外に出たことがなくて、時折脱走していたんだ」

「なるほど、そのとき偶然会ったのか。初対面の印象に違和感があったが、腑に落ちた」

「違和感？　アミは普通の女の子だよ」

　楓は頬を膨らませて、少し怒った声を出した。女の子に違和感があると言うのは、デリカシーがなさすぎる。

　表情筋をピクリとも動かさず春は、落ち着いた口調で意見をこう付け加えた。

「今時迷子になっても、わざわざ見知らぬ人に道を聞かずにスマホで調べるだろ？　それに物事に対して反応が無邪気で幼かった。まるで何も知らない無垢な少女のような印象を受けたんだ」

「確かにアミは情報として、ありとあらゆる知識は保持している。でも、実際に見たり触れたりすることがなかったわね。ずっと開発局の中で過ごしていたから……体験する機会を設ければよかったなぁ………」

春の指摘に唖然とした楓は、アミを普通の女の子のように、自由に外出させてあげられなかったことを悔やみ、悲しい表情を浮かべた。

「引き出しに入れたものの名前は知っているが、それを見たことがない。そんな感じの言葉が、当時のアミに相応しい気がする」

「……百聞は一見に如かずよね。私もお父さんもそれが盲点だった」

頭の中に膨大な情報量を保有したとしても、実際にその知識が使えるかどうかは、経験値に左右される。知識と経験が連動して初めて学習したことになるのだ。

迷子になったアミの場合、情報は揃っていたが、経験の試行回数が圧倒的に少なく、分析はできても実行できない状況に陥っていた。

「知識だけならコンピュータに勝るものはない。だが、知識は感情があって初めて生きる。脱走して思考し続けたアミは、既に感情を持っていたんだ。だから、道に迷い、他人に道を聞くことができた。ただの人工知能にはできない、紛れもなくアミは人間だ」

うんうんと頷きながら春は、誇らしげに話した。

「アミが春君に助けてもらったとき、ある感情が芽生えたの。私が家に帰って見たアミの楽しそうな表情、今でも忘れない。あれは間違いなく乙女の顔つきだった。女の子って意識が、アミを機械人形から人間に変えたの」

楓はアミの成長を自分のことのように喜んで胸を弾ませた。

「……楓とアミは本当に仲のいい姉妹だな」

春は羨ましそうに呟いた。

「えっ、そうかな？」

面映ゆそうに視線をそらした楓は、片付け終わったテーブルをきれいに拭き始めた。

「互いが互いを思い合える関係なのは、もう家族も同然って思わないか」

「そうだね、また励ましてもらっちゃったね。話聞いてくれてありがとう」

楓は春の方を振り返って、満面の笑みを浮かべる。

「俺はただ思ったことを素直に言っただけだ」

素直にお礼を言われたことに照れくささを感じた春は、鼻の頭を軽くこすった。

二度目の約束

翌日、楓は春をとある場所へと案内した。

「あそこが国立ロボット技術開発局。私、アミとお父さんの家みたいなところよ」

楓は高台の柵に背を預けた。周囲の山に不相応なコンクリート張りの建物を指差し、哀愁を漂わせてぽつりと呟いた。

「山の中でも随分と目立つ建物だ。あそこでＡＩの研究が行われているとはね。今、開発局はどういう状況なんだ？」

「警察が現場保存のためと封鎖して極秘で捜査している。おそらく、何かしらの証拠は押さえているはずよ」

「証拠が何か知らないのか？」

「事件が起きてすぐ逃げたから……よくわからない」

少しでも有益な情報を伝えたかった楓は、落ち込むように肩を落とした。一方で春は楓の様子を気にせず、追加の質問をした。

「楓とアミが野放しになっている理由はどうしてなんだ？」

「……私とアミが警察のネットワークにハッキングをかけたの。春君に真実を伝える時間を作るために」

「……犯罪じゃないか、それ」

だがその時間稼ぎのお陰によって、楓とアミに再会できたため、春はあまり強く非難できなかった。

「時間も手段もなくて仕方なかったの。でも、さすがに春君の居場所を特定することは不可能だった。万策尽きた私は何の根拠も自信もなく、ただボーッと最後に会ったみどり公園で黄昏ていた。まさか春君本人がみどり公園に来てくれるとは思わなかったよ」

「楓が助けを求めているのは知っていたから、俺はそこに……思い出の場所へ赴いただけだ」

「すごい偶然よね。昨日アミから聞いた通り、本当に春君はニュース速報で私たちのことを知ったの？　私は未だに信じられない」

嬉しさと驚きが入り交った表情を見せる楓は、ニュース速報について話し始めた。楓の口振りから察すると、あのニュースが偽物であることもわからない様子だった。

「実際に見たからそこは否定できないな。アミが俺のスマホに情報を送ったことを知らないのか？」

「……えっ、それは初耳よ。アミが一体何のために？　春君に教えたの？」

「それが俺に聞きたいことだったのか？」

春は楓とアミの間で情報共有ができていないことに疑念を抱くが、そこには触れず楓の言葉を静かに待った。

「質問を質問で返さないで。来てくれたことは素直に嬉しい。もう一度聞くわ。春君は事件を知った上でアミに何を頼まれたの？」

「真犯人を見つけてほしいと依頼を受けただけだ」

春は瞬きをほとんどせずに、こちらを凝視する楓を尻目に淡々と答えた。

「赤の他人に頼むとは思えない。アミと春君は一体どこで知り合ったの？　アミは研究対象として開発局内で過ごしている。一人で外出したことがなくて、外出するときはいつも私がそばにいたし……」

どこか一点をじっと見据えることなく、楓の視線があちこちに彷徨っていた。

家出をして迷子になるアミの方向音痴を知る家族の立場ならば、過保護気味に心配したくなる気持ちはわかる。その上、世間に疎い最愛の妹が、面識のない男と与り知らぬところで交流していると気づいたら不安にもなるだろう。

「半年前にアミが家出したことを覚えていないか」

「ええ、そのとき私は大学で一日講義を受けていて……帰った後でアミから話を聞いたけど……まさか」

「その通り。アミを家まで送り届けたのが俺だったんだ」

春は肩をすくめて、やれやれといった表情を浮かべる。アミがもう少し楓と話し合いをしてくれれば良かったのにと、心の中で呟いた。

「アミったら……親切な人に助けてもらったとしか言わなかったけど……世間は広いようで狭いものね」

「まったくだ」

「詰問してごめんね。でもお陰で納得したよ。これで安心して任せられるよ」

楓はほっと胸をなでおろし、穏やかな笑顔を見せた。一方で春は、「任せる」というフレーズが脳内でリフレインされた。まるで楓が自分の前から消え去ってしまうような感覚に襲われた。

「それは良かった。楓はこれからどうするつもりなんだ?」

「私、調べたいことがあるからここを離れるね……今度は助けてね」

「約束しよう。俺は必ずこの事件を解決する。たとえ残酷な結末を迎えることになっても」

楓に眉を上げて問うような眼差しを向けられた春は、楓を安心させるように落ち着いた呼吸をした後で、自信ありげに話した。

「その言葉信じているから……アミのこと頼んだよ」

楓は颯爽と高台を下りて去っていった。春はその後ろ姿から楓のただならぬ執念を感じた。春は喧嘩別れした日以来、楓がどんな風に生きてきたのかを知らない。楓と真田博士との間で何があったのか、そこを遡る必要がある。おそらく、鍵を握るのはアミだ。

真田家の親子関係は改善されておらず、安易に触れてはならない問題であることは、春も理解していた。しかし事件を解決すると覚悟したからには、真田家の事情を必要な情報として聞かなければならない。

たとえ楓やアミに嫌われることになったとしても、事件を解決に導く必要がある。もう二度と約束は違えたくないのだ。

「真田家の事情を話せって言われても……あたしから話すのはお門違いなんだけど」

アミは深く息を吸い込んでから、ゆっくりと吐き出した。楓と同様に、父親については歯切れの悪い返事をするようだ。

「事件解決のヒントが隠されている気がしているんだ。だから教えてくれ、真田楓と真田正敏博士の間にある闇を」

春はアミとの距離を詰めて詳しい説明を求めた。

「……あたしも詳しくは知らない。だから、あくまでもあたしなりに分析した情報を開示することしかできないよ。それで構わない？」

「ああ、感謝する」

「どっから話そうかな……」

アミは咳払いを一度した後、機械音声が読み上げるような淡々とした声で話を始めた。

アミの独白

真田楓は実父である真田正敏博士と仲が非常に悪い。事件が起きる少し前も親子喧嘩をしていた。桐生春と別れた後、関係がさらに悪化したのだ。

病を患っていた楓の母が亡くなったからだ。真田博士は仕事の鬼で、妻の死を経験しても家族を顧みることは一度もなかった。楓はそんな父を当然恨んだ。給料の全てを研究に充て、ＡＩの研究を続けた父を許せなかった。

「『どうしてお母さんを助けなかったの？　家族よりもそんな研究の方が大事なの？　家族は支え合うものってお母さんは言っていた。だから、私はその言葉を信じて我慢してきた。必ずお父さんが帰ってくれるって……でも、お父さんは全然変わんないんだね』と楓お姉ちゃんは葬式会場で真田博士に、一方的にその言葉を浴びせたらしい。その後、真田博士は何かにとりつかれたように、ＡＩの研究に没頭した。それから執念の賜物で生まれたＡＩがアミのプロトタイプ。娘にかける言葉を持たないワーカーホリックな父親が、償いとして完成させたものに見えるかもしれない。

でも、この話には裏がある。楓の母と楓の容姿は瓜二つ。その上、アミも楓と双子と見間違えるほど似ている。これでわかるなら、勘が鋭いよ……真田博士は証明したかったの。死者を蘇らせられることを。

その当時のアミは未完成。身体はできていても性格や感情を確定するためのプログラムは敢えて作らなかった。協力者が必要だったから。そう、楓の脳のデータ。妻の死を利用した計画を結婚した当初から、綿密に練り上げてやり遂げた野望。家族を研究の道具としてしか考えていない恐ろしい思考だった。

もし死者と同じ思考回路を持つＡＩが誕生した場合、人間は肉体を失っても精神が残って死ぬことがなくなる。完全ではないにしても、それは不死不老を可能とさせてしまう。そして自由に人間と同等の知能を持つＡＩが作れたら、命令に忠実な兵士の製造が可能になり、軍事転用される危険があった。

真田博士はそのリスクを承知した上で、たとえ戦争が起きても人類が生きられるように、人類を全てＡＩに変える計画を目論んでいた。研究計画書を見てしまったあたしはどうすることもできず、固く口を閉ざした。

ある日、真田博士は楓に研究に協力しろと詰め寄ったらしい。それが家族の義務だと、お母さんのためになると尤もらしいことを説いた。都合の良い現実しか認識しないマッドサイエンティスト。楓はもう考えることを……説得することを放棄した。父親は人ではない、悪魔だ。

逃げることも死ぬことも許されない、楓お姉ちゃんは父の操り人形になることを選んだ。そして昨年、世界初の自律思考型のＡＩ試作ナンバー〇七アミが完成した。楓お姉ちゃんは研究から解放されたが、長年にわたり恨みが蓄積したため、犯行に及んだ可能性は高い。おそらく警察もその線で追っているはずだよ。これまでの話を裏付ける証拠があるの。真田博士はこんなファイルを開発局のパソコンに残していたの……その名前は人類ＡＩ計画。それを見れば、春さんの求めるヒントはあるかもしれないよ。あたしの話はここまで」

「……教えてくれてありがとう。つらいことを聞いたな」

春は深く苦しげなため息を漏らし、申し訳なさそうに言った。

「ううん、もっとつらいのは楓お姉ちゃんの方だし。あたしからもお礼を言わせてもらうね。誰かに話すことがこんなにも心を軽くするなんて思わなかったよ」

「心の整理になっていいだろ？」

「そうだね、今の話で調査は進展しそうかな」

「ああ、とても参考になった。気になるところがあるから……ちょっと外へ出る」

言いつつ春は、外出する準備を素早く行った。

「……楓お姉ちゃんを助けてあげてね」

アミは口角を下げて、笑顔の消えた表情で声を震わせる。不自然なほど、両手をぎゅっと握り締めて、肩を震わせていた。

「違うだろ。楓とアミ、二人を助けるから」

前かがみになった春は、アミを安心させるようにゆっくりと微笑んだ。

「ありがとう。そうだ、春さん。あなたに伝えたいことがあるの」

アミは自分の気持ちを伝えられる時間が今しかないと悟った。抜け駆けになってしまうが、このチャンスを逃したくない感情が勝った。そして今できる最高の笑顔を春に向けたのだ。

「……何か言い忘れたことでもあるのか？」

ただならぬ空気の変化を感じた春は、アミの紡がれる言葉を待った。

「あたしは春さん、あなたのことが好きだよ。他の誰よりも……」

突如アミが春の腰に手をまわし抱き着いた。春はアミの予想外の行動に言葉が詰まってしまった。頭の中が真っ白になり、呼吸するのを忘れるほどの衝撃だった。

「……ああ、後でちゃんと応えさせてもらうから」

しばしの沈黙の後、絞り出した言葉は告白の返事を先送りにするものであり、即座に返事ができない自分の女々しさを憶えた。

「良い返事、期待しているね……。最後に一つ、もうここには戻らないでね。警察が嗅ぎつけたみたいだから」

恋する乙女から周囲を警戒する顔つきに変わったアミがそう言った。

「そうか……アミは残るんだな」

心苦しさを憶えた春は、一緒に行こうとは口が裂けても言えなかった。

アミは共犯者もしくは重要参考人として、警察に逮捕される可能性が高い。それに加えて、二人が一緒に行動することは、警察に見つかりやすくなる。事件を解決する前に、二人とも逮捕されるかもしれないのだ。

「うん、まだここでやるべきことが残っているし」

「警察の相手を……頼む」

春は断腸の思いでその言葉を口にした。覚悟を決めた表情を見せるアミに報いるためには、一つしかないのだ。

「最初からそのつもりだよ。春さん、またね。信じているから」

アミの目の奥が輝きに包まれ、春に柔らかい眼差しを向けていた。愛おしく感じる少女に想いを寄せられ、春はその信頼を裏切りたくないと決意した。

「また会おう、アミ。事件は必ず解決するからな！」

と、宣言した春は踵を返し、廃工場を後にした。

それから小一時間で、春が去った廃工場周辺にパトカーのサイレンが鳴り響いた。

（……初めて告白した。自分の気持ちを言葉にするって心をポカポカさせるんだね。また、教えてもらっちゃった。春さんに何を返すことができるかな？）

アミは徐々に大きくなる足音に動じることなく、恋する乙女のように頬を赤く染めていた。


「桜橋警察署の赤坂刑事です。あなたは……真田アミさんですね。真田正敏博士の件でお話しいただけますかね。長丁場になるので警察署でゆっくりと」

白髪交じりのしかめっ面の赤坂刑事が、アミに警察手帳を見せて話しかけた。一見丁寧な物言いに見えるが、警察署に行くことを前提に話を進めている。

「話だけならここでよくありませんか？」

アミは赤坂刑事の飄々とした雰囲気に苛立ちを憶え、きつい口調で拒絶の言葉を吐き出した。

「それで済むならわざわざ探しませんよ。あなたには色々お聞きしたいことがありますからね、真田楓さんの行方とか。ほらパトカーへ乗りなさい」

「……」

アミは赤坂刑事との距離を取り、逃れようとした。しかし、赤坂刑事の言葉にコンクリートで固められたように動かなくなってしまう。

「我々も穏便に事を済ませたいのですよ、真田アミさん。あなたが抵抗するなら、先ほど逃がした少年も逮捕しなければならなくなりますよ」

どうやら赤坂刑事の口振りから察するに、春が廃工場にいたことは、把握済みのようだ。アミは手のひらで踊らされている気分になったが、最悪のケースは避けられたと安堵した。春が逮捕された場合、事件は楓が犯人という形で幕を閉じることになる。警察を挑発してはならないと口を噤んだ。

「……わかりました」

と、アミは渋々承知了承した。

「そうそう、素直が一番。仕事が増えず助かりますよ」

赤坂刑事はアミをパトカーに乗せて、廃工場を去っていった。

潜入調査開始

春はある疑問を解消すべく、国立ロボット技術開発局へ潜入しようと試みたが、結局失敗に終わっていた。

「素人の大学生がどうやって殺害された真田博士のパソコンの情報を入手しろと……八方塞がりだな、こりゃ」

不平を言いつつ春は開発局の周りをぶらぶらと歩いた、研究施設は鉄格子で覆われ、有刺鉄線が張り巡らされている。だが正門の警備は意外にも手薄で、監視カメラの死角をついて容易に忍び込めた。

しかし、正面玄関には監視カメラ、カードキーに暗証番号を入力する扉と厳重に閉ざされている。警察官が警備していないことは不思議だが、この際幸運だと考えよう。

春はアミが真田博士を殺した証拠の映像を元にして、フェイクニュースを作ったと狙いをつけ、その映像データが残っているはずだと考えていた。アミがそのデータを閲覧して、事件の犯人を楓に断定したと考える方が自然だ。

あのニュースの映像が作られた偽物なら、間違いなく開発局の関係者が関与した可能性が高い。開発局の内情をよく知る内部犯なら、楓に罪を擦りつけることが容易に遂行できるだろう。しかし、その判断を下すにも情報があまりにも少なすぎる。

第一に証拠がないのだ。おかしなことにニュースで報じられた犯人はアミだが、アミの話によると犯人は楓となっている。楓とアミの容姿は瓜二つであり、監視カメラの映像だけで、楓とアミを間違わずに判断することはできない。他人なら間違えても本人が間違えることがあるのだろうか。

さらに混乱を生む理由として、楓は自身とアミの無実を主張した……つまり楓の証言を信じれば、真犯人の存在が隠れていることになる。この食い違いは一体どうして起きるのだろうか。事件捜査の進展の兆しが一向に見えない。

春は情報を整理するためにメモ帳とペンを取り出そうと、ジャンパーのポケットに手を突っ込んだ。すると見覚えのないノートの切れ端が数枚と開発局のカードキーが紛れていた。

「これは……いつの間に忍ばせておいたんだ。そうか、さっき抱き着かれたときに……抜け目のない手際だな」

アミのメモには施設の見取り図、監視カメラの位置、正面玄関と真田博士のパソコンのパスワードが書かれている。これだけ情報が集まれば、容易に開発局へ潜入できる。己を知り、敵を知れば、勝てない戦いはないのだ。

　春はメモを元に侵入ルートを作り、監視カメラの死角をつくように正面玄関へ進んだ。カードキーをかざして暗証番号を入力する。カチッと音が鳴り、赤のランプの点滅が緑に変わりアンロックと表示され、扉が開いた。

　春は見取り図に従って真田博士の私室へ急いだ。部屋に入るとデスクの上にパソコンがポツリと置いてある。電源を立ち上げ、パスワードを打ち込み、ファイルを調べるとアミの話した内容が網羅された文書が見つかった。

　一通り文書を読み終えると、事件直後に更新されたファイルを発見しカーソルを合わせてクリックした。

　事件発生後にメンテナンスルームから送信されたアミの記憶メモリのバグ通知だった。バグの詳細は不正操作によって、メンテナンス中にアミの記憶の一部が消去されていることだ。

　楓が殺人を犯した動機も証拠も十分ある。真田博士が楓に行った所業を加味して今回の事件が起こった。これはどう見ても犯人が楓だと伝えるヒントに思えて仕方ない。

　春は他に何かないか探すと、人類ＡＩ計画と書かれたファイルがあった。人類ＡＩ計画のフォルダーを開くと、人命軽視も甚だしく神をも恐れない、背筋が凍るほどのデザインソルジャー計画と、アミと同等のＡＩを持つ戦闘兵器の図解が添付されていた。

計画の詳細は遺伝子レベルで戦場に適合する最も効果的に戦える兵士を作り、頭脳から足先までの生体データをＡＩに共有するものだった。

「偉大なロボット開発の研究者の正体が、マッドサイエンティストだと……」

真田博士の残忍な計画を知って気分が悪くなった春は、博士の私室を離れた。そして開発局の地図を基にポイントを絞って捜索にあたっていた。

その一つに地下室があった。博士殺害時に使用した証拠品の数々がそこに隠されていると判断したからだ。階段で地下一階まで下りて、アミから貰ったカードキーで地下室の扉を解錠した。

部屋に入ると真っ暗で捜索するのは困難をきたした。春はスマホのライト機能を頼りに明かりのスイッチを探し始めた。

突如アラーム警報が鳴り出してドアが閉まり、赤い点滅に戻りロックをかけられた。カードキーを当てたり扉に蹴りを入れたりするが、大した効果は見られない。入室直後にパスコードが書き換えられたらしい。

春は解錠の役に立たなくなったカードキーを投げ捨てて大きくため息をつき、その場に倒れ込んだ。

「犯人の罠にどうやら嵌められたようだ」

春はスマホが圏外になったことを確かめ、壁に拳を叩きつけた。そして悔し紛れに舌打ちをした。電波妨害装置も仕掛けてあるようだ。これにより、外部との連絡をする手段を失った。嘆いても仕方ない。

無様に閉じ込められたのは後の祭り。最優先事項は視界を取り戻すことである。壁の端から端まで入念に見回して、照明のスイッチがないか探すことに専念した。見つけたスイッチを付けたり消したりするが、全く反応しない。

配線の故障ではなくブレーカーが落ちているようだ。暗闇に目が慣れ、ブレーカーの位置を探り当て、何とか電気を復旧させることに成功した。しかし、状況は最悪だった。

あたりをぐるりと見渡すが、地下室には空気口や窓がなく、いずれ酸欠を起こすのは目に見えていた。まず視界に入ったものは、壁に埋め込まれた大型のテレビだった。それに加えて、段ボール箱の山と研究に使用される精密機械が乱雑に置かれている。

どれも脱出の役に立ちそうな代物ではない。木を隠すなら森の中というのと同様に、トリックに使った機器は、機材の山でカモフラージュされているのだ。

犯人はアミが誰かに情報を流すことを念頭に置いた上で証拠品を隠し、トラップを仕掛けたようだ。時間が限られた中で、最善の行動を瞬時に決めた相当頭の切れる相手だ。これで外部犯の線は、かなり薄くなったという確信が強くなった。

しかし依然として、真田博士の私室から見つかった証拠により、楓もしくはアミが犯人である可能性が強化されたことがあるため、素直に喜べない。監視カメラの映像を止めた装置や部品がここにあるのは明白だ。

事件から二日しか経過しておらず、犯人は第一発見者を装い、警察で事情聴取を受けているだろう。チャンスはピンチとはよく言ったものだ。

突如天井から何かが剥がれ落ちた音が聞こえたのと同時に、スプリンクラーから煙が噴射され始めた。

「なんてことだ……この煙はまさか毒ガスか⁉」

犯人は誰かが侵入してある程度時間が経てば、ガスを放出するように仕組んでいたのか。まるで春が開発局内を調査することを予見していたように思えて仕方なかった。

春は姿勢を低く構え、慌てて鼻と口をハンカチで塞ぐ。毒ガスにしろ何にしろ催眠ガスを吸引したら一巻の終わりだ。調査ができなくなるのは非常にまずいと心臓の動悸が止まらない。

一刻も早くガスを止めるために、灰色の脳細胞をフル回転させた。天井から落ちた破片が散乱している段ボール箱に当たり、中身が顔を出す。達筆……どちらかというと汚い文字で書かれた野球のサインボールが目の前に転がってきた。

「当たってくれ！」

春はすかさず野球ボールを拾い上げ、スプリンクラーに叩きつけた。スプリンクラーのノズルが外れ、煙の充満が何とか停止した。しかし、少しばかり吸ってしまったために人体にどんな弊害をもたらすかは不明だ。ガスの噴射量からおそらく大量に吸い込まなければ、効果は薄い成分の可能性が高い。

今のところ、手足のしびれや意識障害は起こっていないことは不幸中の幸いだ。一息つくにはどのみち地下室を脱出しなければならない。

春は汗を拭い、脱出方法を熟考するが、外部の人間にドアのロックを解除してもらうまで助けを待つという情けない結論しか導けなかった。

「俺はまた同じ過ちを繰り返すだけなのか。諦めて手放してしまうのか」

春は打つ手がなく心が折れそうになるが、今まで自分自身を頼りにしてくれた二人、楓とアミの顔を思い出した。すると自然と勇気が湧き、ガスさえなくなれば再起は可能であるとみなして、換気扇がどこにあるかを探し始めた。

春はたとえ自分の言動が楓を傷つけることになっても、自分の信念を曲げて約束を破ることになっても、大切にしたい気持ちがあると気づいた。

「いや、違う。どんな形であってもそばにいたかった。大切な君となら……」

春は今どこで何をしているのかわからない彼女へ向けた言葉を励ますように呟いた。

突如、ドアの表示が赤ランプから緑ランプに変化して解錠された。

「その台詞、本当に遅すぎるね。私、あのときからずっと待っていたんだよ。一人で開発局に忍び込もうとするのはあまりにも無謀すぎる。無鉄砲、無計画、無知、どの言葉が最適かわからないほどの大馬鹿者だね、春君」

壁に埋め込まれたテレビ画面に、ガスマスクを装着した楓が映し出された。春は一瞬怪訝そうな表情をしたが、楓が持参したタブレット端末で、ドアのプログラムを素早く書き換えたことに気づいた。

数分後、天井から換気扇が出現し、地下室内に充満した煙を除去していく。春は顔色を一つ変えることなく、テレビ画面に映る楓に目線を合わせて質問した。

「返す言葉がない。呼吸しても大丈夫そうか?」

「ただの催眠ガスだから心配ないよ」

楓がガスマスクを脱ぎ捨て、春の目を見ずにぶっきらぼうに答えた。

「それなら良かった。事件が解決したときに、毒ガスが地下室に残っていたらまずいからな。ところでなぜ俺がここにいるとわかった?」

「春君がここに来ると信じていたから」

そう言い残してテレビ画面から消えた楓は、地下室へ足を運んだ。そして、所持していたタブレット端末の画面を閉じて春の元へ近寄った。

「答えになっていない」

春は膝をつき頭上近くまで差し伸べられた楓の右手に触れた。ぶつかったはずの楓の手の感触がとても冷たかった。楓の行動原理が理解不可能だった。重要参考人である楓が犯行現場の開発局に来るとは微塵も思わなかったのだ。

「ひどい人。女の勘って結構当たるよ。ないと言うのは簡単。でも、信じてみる価値はあると思わない?」

「……こんなところにいて大丈夫なのか?」

春は行方不明の楓が扉の前に立っていたことに心底驚く。楓の非科学的な根拠を無視して質問した。

「自力で調べるって言ったでしょ……春君、迂闊すぎるよ。監視カメラの電源切らないと記録に残る」

少し不機嫌そうな顔つきになった楓は、春の行動を窘めた。

「……忠告ありがとう。せっかく再会したから情報交換しないか?」

「いいわよ。それで犯人は誰かわかったの?」

「いや、まだわからない。だが、おかしな点がいくつか見つかった」

春は楓の問いに対して首を横に振り、眉をひそめた。

「今、目の前にいるって思ったんじゃないの? 確証がないだけで」

「確かに状況証拠と動機の観点から吟味すると、犯人は真田楓。君に違いない」

「ふふふっ、怖くないの？　それとも逃げられないと諦観でもしているのかな」

楓は春に、何も知らない無垢な子どもを恐怖のどん底へ落とすような、不敵な笑みを浮かべた。

「いや、そうは思わない。むしろ楓はどうしてここにいる？　俺が犯人なら、こんな場所に足を踏み入れない。とっくに逃げている」

逮捕されるリスクを超えるメリットがあるため、楓が開発局に戻ってきたと春は推測した。しかしそのメリットは、恐らく自分のためではないことは確かだ。

「気になることがあったからどうしてもね。春君は警察が掴んでいない決定的な証拠を隠滅に来たと考えているの？」

「それは違うよ。犯人ならわざわざ俺を助ける意味がないからな。それとも何か別に監視カメラの映像以外で楓が犯人と知らしめるものがここにあるというのか……その証拠ってのはなんだ？」

「……管理事務室に行けばわかるよ」

楓は手を振って春を追い払うように退出を促した。

「楓、一つ質問させてくれ」

春は楓が拒絶反応を示しているのを無視して聞いた。おそらく楓を傷つけることは避けられないが、春は事件解決のためには進まなければならないと拳を握り締め覚悟を決めた。

「お好きにどうぞ」

決して目線を合わせようとせず、つき放すように楓は言った。

「君は誰を庇っている？」

「私が誰かを庇っているって本気で言っているの？　昔の私とはもう違うの、変な期待はしないで！」

余裕そうな雰囲気を一変させた楓は、図星を突かれたように気を動転させて怒った。

「それにどうしてアミに真田博士を殺害した罪を擦り付けなかったんだ？　君が犯人なら、その方が都合が良かったはず。少なくとも警察に追われる必要はなかった」

楓がものすごい剣幕で迫ってきたが、さらりと受け流した春は、落ち着いた口調で質問を重ねた。

「何を知ったような口を、ふざけないで。私は……アミのお姉ちゃんなんだから」

「ああ、楓はあのときと変わらない優しい心の持ち主だよ。そうでなければ、アミは君を連れ出して一緒に逃げたりしない」

春は楓に口を挟む隙を与えないように早口で捲し立てた。

「春君は無責任に他人の人生をかき乱すのが好きだね……私は私の意思で行動するって決めた。余計な口出しは無用よ」

「いやお節介させてもらうぞ……さっき話した証拠ってやつも、真犯人が残した忘れ物なんだろ？」

「……知らない」

楓は首を横に振って否定するが、声が震えていた。

「真田博士が考えていた人類ＡＩ計画って知っているか？　おそらく君が庇っている相手が一枚噛んでいる案件だ」

「……何、それ？」

今までモノトーンな色合いだった楓の目が色を取り戻す。生気がみなぎり、火が灯されたかのように変わった。春は部屋の空気が少しばかり暖かくなった気がした。

「簡潔にまとめると、人の意識や魂を数値化することで、現象界の中で肉体が滅びても精神がＡＩの中で残り、永続的に生きられるという理論。馬鹿げた話ではあるが、もっと簡単に言えば、不死不老の研究ってことだ。だが、研究は人格までは完璧に再現できたとは言いにくいが、死者を生き返らせることには成功したと言えるだろう」

春は苦虫を噛みつぶしたような表情を浮かべた。真田博士に対して研究だけではなく、楓とも向き合ってほしかったと愚痴を零したくなる。

「それじゃあ、アミはもしかして……」

衝撃の事実が脳裏を横切った楓は言葉を失った。

「真田博士にとっては君の母親の代わりってことだ」

「嘘、嘘よ。こんなのは悪い夢に違いない」

楓は青白い顔つきで両肩を掴み、鳥肌が立つのを抑えるように、奥歯を噛みしめた。

「真田博士を信じていたから、知らなかったんだろ？　君の頭脳があれば、パソコンのパスワードなんて簡単に解除できたはず。でもそれをしなかった」

「やめて、それ以上言わないで」

楓はその先に紡がれる言葉を聞きたくないと、耳をふさいで後ろを向いてしまった。父親を信じていたい気持ちが、マッドサイエンティストの側面を見ないようにしていたのだ。

「俺は真田博士も真犯人も許さない。そして楓のお願いはもう守らないと決めた。俺なりの方法で事件を解決する。だからさ、もう楓は苦しむ必要はないんだ」

春は心を鬼にして、くだらないプライドを脱ぎ捨て言い切った。

「……本気で言っているの？」

「ああ、これが俺の責任の取り方……いや、昔の俺と決別した俺の答えだ」

「わかったよ。その言葉を信じているから」

楓は踵を返し、真田博士の部屋を去ろうとした。しかし春がふと彼女の腕を掴み、歩みを遮る。そして声音を低くしながら、問い詰めるようにこう言った。

「それだけでは不十分だ。君は気づかないといけないことがある」

「ど、どうしたの？」

腕を掴まれた楓は、心臓の鼓動がバクバクと速くなった。春はまるで狙物を捕まえようとする肉食動物みたく鋭い目つきで、楓を捉えていたのだ。

「アミのメディカルチェックを行った人間を知らないか？　君と真田博士を除いて」

「……急に何？」

「アミの記憶メモリが作為的に改竄されていた痕跡があったんだ。真犯人が自分の情報を抜き取ったと考えるのが自然だ」

「それは本当なの？」

まさか妹に容疑者として考えられているとは微塵も思わなかったのか、楓の声は当惑の色を見せていた。

「アミから君と真田博士の話を聞いたが、楓を犯人と決めつけていた。君はアミの無実を訴えたのに」

「そ、それはアミの記憶が混乱していただけよ、きっと」

「君は今も……真犯人の操り人形と変わらないのではないか」

春は、視線があちらこちらに泳いでいる楓に対して落胆の眼差しを向けてそう言った。

「私は……あの人に恩がある。そんな事実はない！」

楓は手のひらに爪を食い込ませるほど握り締めて声を荒らげた。

「アミが犯人だと考える君とは行動しない。自首を勧めるはずだ。でも、一緒に逃げた。その理由は簡単、アミは真犯人を目撃していたからだ。真犯人は口封じのため、強制的にアミの記憶を消去したんだ。そのせいでアミは混乱し、残された情報の中でフェイクニュースでは自身を犯人にし、証言としては楓を犯人だと答えた」

「それは春君の想像によるこじつけよ。アミの矛盾には何か別の理由が……」

春は楓の発言を遮るように早口で追及を続けた。

「あと一つ、おかしく思った点は、あの廃工場のプレハブ小屋だ。楓とアミの他に誰かいたはず。楓もアミも事件のショックでパニックを起こしていたのに、隠れ家を用意できたとは考えにくい。そして俺が廃工場に来る前に、既にプレハブ小屋のキッチンに三人分の食器が使われた痕跡があった。まるで事件が起こることがわかっていた人物が、廃工場へ二人を誘導したように思えてくるんだ」

「……そうだとしたら、何？」

楓は不愉快そうに顔をしかめた。その姿を見た春は、憐れむように告げた。

「君を陥れるための布石だったんだ、全て」

「……どの推理も仮定の話でしょ。状況証拠で犯人を決めつけるのは良くないよ」

「楓の悪い癖の一つに思い込みが激しいところがある。そのせいで現状を正しく認識できるのに敢えて、いや、都合の悪い事実を意図的に無視する。真犯人はそこに目を付け、無自覚のうちに協力するように楓を洗脳した……だから、今回の事件が複雑化した」

春は楓を横目に声を低くしてぼそりと呟いた。

「……面白い冗談ね」

「楓、君は誰を犯人だと考えているんだ？　今までの君の主張や言動は支離滅裂なんだよ。私が犯人ですと言わんばかりの行動をしているのにもかかわらず、無実を主張する」

「そ、それは……」

楓は言葉に詰まり言い返せなかった。

「いい加減、気づいてくれ。君が作った幻想はとっくの昔に限界を迎えている。アミは君の無実を証明するために警察に逮捕された」

顔を歪めた春は、悔しそうに奥歯を噛みしめながら諭した。

「嫌、嫌、嫌、嫌。やっぱり私はダメな子なんだ。だから、利用される」

楓は頭を抱えて俯き、髪の毛を掻き毟るように引っ張って金切り声を上げた。

「目を覚ませ！　真田楓！　アミは君の大切な妹だろ。その事実は変わらない。アミを助けるには君の協力が不可欠だ！」

「どうしていつも悪い方向に事が進むことになるのかな……」

楓が嗚咽をこらえながら言う。

「現実から目をそらした罰だろ？」

「手厳しいね……でも覚悟を決められたよ」

憑き物が落ちたような顔をした楓は、現実を受け止め事件に正面から向き合う決心がついたようだ。そのような楓の変化に安心感を憶えた春は手を差し伸べてこう話した。

「一緒に管理事務室へ行こう。事件の全貌が明らかになるはずだ」

「わかったよ。もう何からも逃げたりしない」

楓は目をこすり、涙を拭って春の手をしっかりと握った。楓が事件に立ち向かう覚悟を決めた瞬間だった。

春と楓は管理事務室へ着くとすぐに監視カメラの映像とパソコンの送受信履歴を解析し始める。

「これがアミの見た犯行時刻の映像……アミが偽装工作したくもなるね」

「ああ、間違いない。ということはこのパソコンから俺に送られたんだろ？」

春は頭を垂れる楓に心配そうに声をかけた。

「……おそらく。証拠映像以外のデータが復元できない。それにしてもきれいすぎるよ」

「犯人が意図的にクリアリングしたのか……」

「そう考えるのが妥当な判断ね」

二人は空振りに終わり、簡単に形勢逆転できるような情報は手に入らないと気持ちが沈んだ。

「他に何かあったか？」

諦めずパソコンを操作し続ける楓に春は声をかけた。

「……私が犯人と断定できる証拠がたくさんあるよ」

パソコンから視線をそらした楓は大きなため息をついて椅子に寄りかかった。

「あからさますぎる証拠の数々、なおさら怪しい。普通ここまで証拠は揃わない」

液晶画面を覗いた春は、真田博士が殺害されたときの画像や映像に注目した。どれも楓の犯行を示唆するものであり、是が非でも楓を犯人に仕立てようとする執念を感じ取った。

「完璧に物事を進める手腕……確信したよ。犯人があの人だって。名前は白井桐歌。私が最も信頼していたこの開発局の研究員よ」

「……話してくれてありがとう」

春は真相に愕然として項垂れる楓に微笑みかけた。

「桐歌さんが私とアミをあの廃工場へ逃がしてくれたの。まさか、私に罪を着せるためだったとは思わなかった。でも、動機がわからないの。いつも私とお父さんの間に立ち、よく相談に乗ってくれる心優しい人。そんな人がどうしてお父さんを？」

「動機は愛憎のもつれ。桐歌さんは親子喧嘩を盗み聞き、もしくは偶然耳にしてしまった。その中で彼女の逆鱗に触れる言葉があったんじゃないか？」

「……もしかしてお父さんのあの言葉を……」

楓は口を手で押さえて目を見開いた。

「何か心当たりがあるのか？」

「……飼い殺して金を搾取した方が合理的だって言っていた」

「やはりそうだったか……アミは楓を犯人と言っていたが、実のところ人を道具と考えることに対する怒りが犯人の動機だったと考える方が自然だ。真田博士の人間関係を鑑みるとひどい扱いを受けていた人はきっと多いだろうから」

「おそらくお父さんは他人に冷たく接することが、自分への罰だと思っていたのかな。そうだとしても、相手を傷つける言葉を言ってもよい理由にはならないよ」

楓は人間関係を悪化させた償いとして、嫌われ者のような横暴な振る舞いをした父親の不器用さに痛感した。どうして相手を傷つける発言を繰り返したのか問い質したかった。

「十年以上真田博士に尽くしてきた桐歌さんが、その発言を聞いて裏切られたと思っても仕方ない気もするが……」

桐歌さんは楓とアミの母親役を日常生活において担っていたのだろう。だがそれは義務感としてだけではなく、本当の娘たちのように接した愛情が存在していた。二人への愛情がなければ、楓の相談に乗ったりアミの家出を心配したりしないはずだからだ。

「私、桐歌さんのパソコンを調べてくる。何か証拠が残っているかもしれないし」

「そうか、だったら俺も行くぞ」

「いや、大丈夫。春君はここで少し休んだら？　目の隈がすごいよ。データが削除されていて無駄骨になる可能性が高いし」

楓は足元がおぼつかない春を椅子に座らせた。楓の好意に甘えた春は、背もたれに全体重を乗せて寛げる姿勢になった。そして目を閉じ、今まで集まった情報を分析しながらこう言った。

「わかった、少し情報を整理させてもらう」

「すぐ戻ってくるから」

この台詞を最後に楓が管理事務室へ戻ってくることはなかった。

考察

春がうたた寝をした後、目を覚ましたのは楓と話してから一時間経過した後だった。楓の姿がないことに嫌な予感がした。桐歌さんのパソコンがある研究室をはじめとする開発局のありとあらゆる場所を探したが、結局発見には至らなかった。楓が行方不明……まさか彼女が自分の意思でここを離れたとは考えにくい。

離れるなら外出の有無を一言俺に声をかけるはず。桐歌さんに誘拐でもされたのか……完全に油断した。おそらく桐歌さんは楓が警察に逮捕されるのを待っていたが、しびれを切らして強硬手段を取ったのだろう。

おそらく大方逃げきれないと悟った真田楓が『私が事件の犯人である』と遺書を書いて自殺するというシナリオであろう。わかっているのに犯人の凶行を止められない。まだ俺に何かできることは残っているのだろうか。

春は今まで手に入れた情報を基に真田博士の人柄を考察した。そこに犯人を止められる鍵がある。アミ、楓や桐歌さんの三人は真田博士のことをあまり良く思っていないようだ。

それは仕方のないことかもしれない。

しかし、春は真田博士のことを許すつもりは微塵もなかったが、不思議と嫌いになれずにいた。一度はアミが楓の母親の代わりと推理したが、真田博士にとってアミを作成した本当の理由は、アミが家族をつなげる架け橋だったと思えてくる。

母親を亡くし友達もいない楓を支える存在としてアミは誕生した。娘への接し方がわからない不器用な父親が、自分の持てる全ての技術を投資して娘と向き合おうとした。

人類ＡＩ計画はフェイク。わざとパスワードをかけずにそのまま放置しておいたのは、楓に自分が敵だと気づいてほしかったからだ。娘に強く生きてほしいと願う真田博士は、敢えて楓を厳しく理不尽な環境へ追いやった。

それは真田博士なりの家族愛だったと思う。娘のことが心配でなかったのなら、今まで何もしなかったはず。愛情の裏返しは無関心。少し……いや、かなり歪んだ愛情表現だが、この厳しい世界で生き抜くためには必要な通過儀礼かもしれない。

楓は誰にも頼らず生きなければならないという思い込みをしている。そのため真田博士は人類ＡＩ計画という一人では解決不可能な問題を用意し、楓の偏見を捨てさせて誰かと一緒に乗り越えてほしいと願いを込めたかもしれない。

春はある可能性を信じて真田博士の私室を訪れた。アミの記憶メモリのデータが残っている気がしたのだ。桐歌さんが操作したことによって、アミ自身には残されてはいないが、全データが収められた記録媒体がきっとどこかにある。

なぜなら、そのデータはＡＩが人間になれるという研究に必要不可欠なものだからだ。桐歌さんが真田博士を憎んでいたなら、家族に捧げられたこの研究そのものを破壊したいはず。

当然、記録媒体も持ち出されていそうだが、アミの記憶メモリは真田博士にとって父親が撮る写真や動画と変わらない家族の思い出の品である。

春が部屋をゴソゴソと探ると、本棚の隅に真田一家の写真や楓の成長記録と書かれた日記が見つかったのだ。

その日付は一月二十二日、事件が起きる前日まで一日も途切れることなく書き記されていた。楓に関する思い出は、全て残さず保存されていると思えて仕方ない。ふと春は、足元の段ボール箱に足を引っかけ転んでしまった。

その拍子に本の山が崩れたことによって、今まで気に留めもしなかった納戸を発見した。納戸の中を調べると、全てアミの記憶メモリを収納した棚が置いてあった。

しかし、物的証拠につながるものは見当たらない。真田博士の部屋に戻ろうと棚を整理し始めると、一枚の紙切れが目に留まった。

「これはアミの再起動中に得た映像の取り扱いについての資料だ。アミが犯人の物的証拠を握っている。おそらく犯人はこの情報を知らない」

春は血眼になって、アミの再起動中に撮られた映像が保存されたメモリーカードを探す。どこにも見当たらず諦めかけて下を向いてしまった。

悔しさのあまり床を拳で殴ったとき、目に留まったものは、納戸から不自然に延ばされた延長コードと段ボール箱の山に隠れた外付けのハードディスクだった。ハードディスクの中身を調べると『アミの記憶メモリ』と書かれたメモリーカードを発見した。

「それならば、教えていただきましょうか。桐生春さん」

春は声のした方向に顔を向けると、スーツを着た二人組の男が春の後ろに立っていた。白髪交じりの小柄な初老の男と三十歳に満たないであろう背の高い眼鏡の男。この二人は春が開発局中を調査していることに一驚することなく、わざと春の調査が終わるまで泳がせているように見えた。春に声をかけた人は初老の男の方だった。

「……俺は警察を呼んだ覚えがない」

「匿名の通報がありましてね。開発局に忍び込んだ鼠がいると。これは失礼。名乗るのが遅れました。私は警察署の赤坂です。こちらは後輩の増田君」

赤坂刑事は手慣れた様子で自己紹介を済ませる。春の話に聞く耳をまるで持とうとしない。

「犯人の仕業か。ちょうど調査も終えたことだし、刑事さん。俺の推理聞かないか?」

春はやれやれと肩をすくめて、おどけた態度を見せた。

「探偵ごっこはここで終わりですよ。愛する女性を庇いたい気持ちもわからなくはありませんが、真田楓さんが犯人という事実は覆りませんよ。殺人の動機、犯行時に撮影された証拠の映像や犯行時に使用された凶器や衣服が揃っています。犯人は間違いなく真田楓さんです」

「あなたには逃亡幇助と犯人隠匿の嫌疑がかけられている。抵抗するなら、こちらも手段を選ばない」

増田刑事は赤坂刑事の台詞に合わせて畳みかけた。手錠を取り出しちらつかせて一歩ずつじりじりと春の元へ近づいてくる。それを物ともせずに春は、挑発する発言を続けた。

「現在行方不明の重要参考人である真田楓の居場所を知っているとしてもか？」

「時間稼ぎのつもりですかな？　警察をおちょくるのはやめなさい」

赤坂刑事は声色を変え、背筋が凍る目つきで春を睨んだ。

「冗談でこんな話はできない。アミ、ましてや真犯人以外開発局の連中の誰も知らない情報を。あなた方警察が今、喉から手が出るほど欲しいものだと俺は踏んでカードを切ったつもりだ」

「赤坂さん、この男は時間稼ぎをしているだけだ。すぐにでも連行すべきでは？」

「話を聞いた後でも遅くはありませんよ、増田君。桐生さん、実に興味深い誘い文句ですなぁ。参考程度にお話ししてくださりませんか？」

赤坂刑事は増田刑事に下がるように指示した後で、へりくだった口調に変えた。

「俺は言葉遊びをするためにここにいるわけじゃない。一刻も早く楓を助けたいだけなんだよ」

赤坂刑事の言動に苛立ちを隠せなかった春は、声を荒げて言ってしまった。お互いが探りを入れるような会話をしている間にも、楓の身に危険が及ぶかもしれないと焦燥感に駆られていた。

「助けるとは一体どういう意味ですか？　ここ数日間、真田楓さんは自分の意思で行方不明になったのですよ」

「いやそれは間違いだ。少なくとも数時間前まで楓は俺と、この開発局内で一緒に行動をしていたんだ」

春の予想が正しければ、自身が開発局中に無断で侵入したことを警察に通報した人物と、楓を連れ去った人物は無関係ではないからだ。

「では桐生さんは楓さんが自分の意思で逃げたのではなく、何者かに攫われて現在どこかで監禁されているとでもおっしゃるのですか？」

「その通りだ。疑うなら、管理事務室でカードリーダーの履歴を確認するといい。あなた方警察を除いて俺、楓と真犯人の三人分の記録が残されているからな」

厳しい視線を向ける赤坂刑事の問いかけに臆することなく春は、あごを高く上げて答えた。春の強気な姿勢に驚嘆した赤坂刑事は、納得がいく表情を浮かべた。

「一応、話の筋は通っていらっしゃる。随分色々と嗅ぎまわっていたようですな？　もし桐生さんの推理が正しければ、楓さんはどうなりますか？」

「そのふざけているような雰囲気をやめろ。大真面目に楓の命が危ない。楓が真犯人に無実の罪を着せられた上に、犯罪者の汚名を着せられ殺害される。このまま黙って指をくわえているのはあまりも癪だ。協力してくれ。その見返りにあなた方が見逃した真犯人を示す決定的な証拠を提示する！」

「聞き捨てなりませんね。具体的には何を出していただけます？」

誤認逮捕することになると指摘された赤坂刑事は、不愉快そうに顔を歪めて口を開いた。

「別の視点から撮影された犯行時刻の映像だ」

春は懐からメモリーカードを取り出し、赤坂刑事に投げつけた。

「ほう、それは思い切ったことを。わかりました、他に必要なことはありますかな？」

「判断が早くて助かる。真田アミと白井桐歌さんをこの場に呼んでほしい」

「赤坂さん！　この男の滑稽愉快な話を信じるつもりですか」

増田刑事は春の胸倉を掴み、鼓膜が破けそうになる大声で怒鳴りつけた。

「この事件には最初から違和感がありましたからね。しかも本気で桐生さんは真田楓さんの無実を信じていらっしゃるようだが……もし証明できなければ、わかっていますね？」

赤坂刑事は春と増田刑事の間に割って入り、一定の理解をした態度を示した。

「ああ、俺を逮捕するのも事情聴取するのも好きにしろ。だが、一度だけチャンスをくれ。その二人さえいれば俺の推理は成立する」

「私も捜査を混乱させたくありませんし、現場検証ついでに桐生さんの推理もお聞かせください。期待はしませんが。増田君、二人を現場に呼びなさい」

「わ、わかりました」

増田刑事は不服申し立てをしそうな表情で真田博士の私室を去っていった。

真相解明

数十分後、白井桐歌と真田アミが開発局の会議室へ連れて来られた。

「桐生さん、お二方をお連れいたしましたよ。では早速ですが、あなたの推理をお聞かせください」

と、赤坂刑事は一度咳払いした後にそう話を切り出した。

「まずは全員のアリバイを再確認する。事件当初、真田アミは犯行時刻の二時間前から三十分後は再起動中で、真田博士を殺害することが不可能。白井桐歌さんも犯行時刻に研究員の井上さんと会話をしていたため、容疑者から外れた。研究員の井上さんを含めたその他全研究員も何かしらの仕事をしていたため、犯行時刻の間、五分以上席を離れた者はいなかった。一方、真田楓は開発局の庭園での桐歌さんとの会話以降行方知れず、アリバイはなし」

春はホワイトボードに事件関係者の犯行時刻の行動を書き記した。

「増田君、裏は取れたのか？」

「はい。確かに研究員の井上がアミのアリバイを証言しました。また、第一発見者である白井桐歌のアリバイも同様です。癪ですが、他の研究員のアリバイも全てこの男の言う通りです。唯一アリバイを確認できなかったのは真田楓だけです」

手帳を開いて事件関係者のアリバイを確認した増田刑事は、春を睨みながらそう言った。

「やはり犯人は真田楓さんで決まりじゃないですか」

赤坂刑事は春を小馬鹿にするようにニヒルな笑いを浮かべる。

「楓お姉ちゃんが犯人なわけないよ！」

「アミちゃん、気持ちはわかるけど。楓ちゃんの心証を悪くするだけよ」

アミが怒りを露わにして声を荒らげる一方、冷静沈着な態度を崩さない桐歌は、アミを落ち着かせようと優しい声音で語りかける。

「それは違います。一人だけアリバイを崩すことは可能です。白井桐歌さん、あなたのアリバイならね」

春の発言で一人の人間に注意が向いた。

「私は研究室で井上さんの定期報告を受けていたのよ。真田局長の部屋に行くことはできないわ。私が二人いれば不可能な話ではないけど」

桐歌は冗談交じりに言った。

「二人いたのはあなたじゃない。真田楓が二人いたんです」

自信に満ち溢れた顔色をした春は、胸を張りながらはきはきと話した。

「どういう意味ですかな？　お化けやドッペルゲンガーでは説明になりませんよ」

赤坂刑事がニヤニヤと笑みを浮かべて話に横槍を入れる。

「桐歌さん、あなたは真田楓になりすまし、真田博士を殺害した。楓の犯行であると警察にミスリードをさせるために、わざと素顔を監視カメラの映像に残るようにしたんじゃないですか？」

「憶測だけで私を犯人と決めつけないでくれるかしら」

桐歌は呆れ顔で春を目障りそうに睨み付けた。一方畳みかけるように春は、質問を重ねた。

二人の口論を黙って見守るアミは、真相解明が行われた先の終着点が見えた気がした。それは春が絶体絶命の危機に陥った楓を救うべく、戦う道を選んだ決意の表れだ。

「監視カメラの映像が、事件直後に止まったのはどう説明がつきますか？」

「知らないわよ。ただの故障かもしれないじゃない」

「いや、シンプルに考えると犯人にとって都合の悪い状態だったってことになります」

「言っている意味がわからないわ。どうして監視カメラの映像を止める必要があったの？」

桐歌は自分が真犯人と決めつけられた不快感を露わにした。

「簡単な話です。止まっていた時間に、犯人が証拠隠滅や偽装工作をしていた」

「犯行直後の監視カメラの映像が止まっていたという事実は本当なのですかな?」

赤坂刑事は目を閉じて思い出すように額に手をやった。

「本当だ。だが楓が真田博士を殺害したという証拠の映像があれば、普通は気にならないかもしれない。だから、犯人もその盲点をついた」

「うん、あたしもそれに違和感を憶えていたよ」

アミは春の発言に同調するように頷いた。

「増田君、鑑識を呼びなさい。すぐにでも管理事務室を調べさせるんだ」

赤坂刑事は一度咳払いした後で、真剣な眼差しで増田刑事に指示を飛ばした。

「了解しました。すぐ手配します」

増田刑事は顔色を変えてスマホを取り出し、急ぎ足で連絡を取りに行った。

「監視カメラの映像が時限式に止まるように、何か仕組んでおいたはず。その痕跡も調べれば出てくるはずですよ」

「だからといって私が犯人だとつながる証拠にならないわ」

涼しい顔つきの桐歌はそう反論した。

「別にそれで構いません。俺にとって楓だけではなく、犯人を他の人間にすり替えることができるという事実が重要ですから」

春はひとまず楓が犯人である可能性を低くできたことに安堵した。

「そりゃそうですな。桐生さんの推理が正しければ、全員のアリバイが白紙に戻りますな」

「だが、そこで一番怪しくなるのは桐歌さんのアリバイです。時限式装置を仕掛けることは誰にでもできるが、犯行時刻に合わせて計画通りに作動させられるのは桐歌さんだけです。アミの再起動完了時刻が予測できないと全ては台無しになる。理由は簡単。アミに被害者を殺害する瞬間を見られるのは困るから。犯行が困難を極めるアミの再起動という障害を排除する必要があった。それを知っていた研究員の井上さんにも可能と言われるかもしれないが、彼は無実だ。犯人との背格好が違いすぎる。それに加えて他の研究員とデータ処理の作業をしていた証言から犯人と考えにくい」

「私だって井上さんと会話したアリバイはあるわ。それはどうなのよ？」

「アミの話によれば、井上さんはかなり時間に厳しい几帳面な男らしい。あなたも知らないとは言わせませんよ」

厳しく詰問するように春は、桐歌の顔をじっと見つめた。

「……ええ、でもそれとアリバイに何の関係があるのかしら？」

間を少し置いて返答した桐歌は、平然たる顔つきをしていた。

しかし春は、桐歌の眉が井上の性格について言及されたときに、ぴくりと動いた瞬間を見逃さなかった。すかさずアリバイ崩しの推理を話し始めた。

「定期報告の時間を指定して、研究室にいなくても会話が成立するように仕組んだのです」

「具体的にどんな方法が考えられますかな？」

赤坂刑事が怪訝そうに口を挟んだ。

「監視カメラの故障と同じく時間がわかれば、事前に録音した音源を時間通りに再生すればアリバイは成立します」

「顔を見せず会話が成立するものでしょうかな？」

いまいち納得がいかない赤坂刑事は、さらに質問を投げかけた。それに対して春は、焦せることなく冷静に答えた。

「いつもと同じ内容ならわざわざお互いに顔を合わせて話す手間は必要ないはずです。それに相手の声を聞けば、その場にいるって錯覚しても不思議はありません」

「あなたの話は全て状況証拠のみ。私を犯人にしたいなら、私がそのトリックを使った物的証拠はあるの？」

うんざりした様子を見せる桐歌は、こめかみを押さえる仕草をした。

「いや、あなたが証拠品を全て処分したと思うから、ここにはないと考えています」

「はらやっぱり、残念だけど楓ちゃんが重要参考人ってことになるわね。刑事さん、もう帰ってもよろしいでしょうか？」

「現場検証がまだなので、少々お待ちくださいませんか」

「ではそこの男の戯言には付き合わなくていいですよね？」

桐歌は荷物をまとめて会議室を後にしようとする。赤坂刑事が扉の前に立ち席に座るように促した。

「まあまあ、白井さん少し落ち着いてください。桐生さん、あなたのお話はここで終了ですかな？」

「春さん、楓お姉ちゃんは無実なんだよね。推理にはまだ続きがあるんだよね！」

アミが不安そうな顔つきで春に期待の眼差しを向ける。

「俺はアリバイ・トリックを暴いた程度で犯人を追い詰められるとは思っていないですよ」

「諦めの悪い男ね。証拠の映像が事件の全貌を物語っているのよ。それを崩せない限り、楓ちゃんが犯人という事実は変わらないわ」

「いい加減、善人の仮面を脱いでください。あなたの顔を見ていると反吐が出てきます。解き明かしてみせますよ。あなたがどうやって楓に殺人の罪を擦り付けたか」

怒りを抑えるために一度深呼吸した後、春は真剣な顔つきでそう断言した。

「意地でも私を犯人に仕立てたいみたいね」

桐歌があからさまに不愉快そうな表情を浮かべて嘆息した。

「監視カメラの映像に映っていた犯人は真田楓ではない。桐歌さんが楓に変装した姿です」

春はプリントアウトされた犯人が真田博士を殺害する瞬間を捉えた写真を指差した。

「映像にしっかりと楓さんの顔が映っているのはどう説明がつきますかな？」

「3Dプリンターで作ったマスクを被れば造作もないことです。無論、服装や髪形も普段から楓に相談される機会が多い桐歌さんほどの親しい間柄なら、簡単に知れるはず」

「犯人は監視カメラに顔を見せた後、すぐに逃走したようじゃない。犯行に使用した証拠を隠滅する時間はないはずよ」

桐歌は首を横に振り、即座に春の推理を否定した。

「犯人は現場に少なくとも十五分以上留まる必要がありました。楓が真田博士の部屋を訪れるのを待つために」

「確か真田楓さんと真田博士は事件が発生する二時間半前に親子喧嘩をしたそうですな。合っていますよね、白井さん」

手帳を取り出した赤坂刑事は、殴り書きのメモに目を凝らした。その後、桐歌にその内容が正しいか訊ねた。

「ええ、その件で真田局長に相談されましたわ。あと、楓ちゃんにも話し合った方がよいとフォローを入れました」

「あたしも桐歌さんに聞いたよ。春さん、そこに何かおかしな点があるの？」

頭の中に疑問符を浮かべるアミは、率直に質問をした。

「つまり桐歌さん、あなたは知っていたわけです。楓が真田博士の部屋を訪れることを。今回の事件の犯行はその事実を事件前に知っていた人にしかできない。よって、繰り返すことになりますが、アミや他の研究員には、楓の訪問を知らずに真田博士を殺害することは不可能なんです」

得意顔の春は桐歌の発言に補足した。

「なるほど、犯人もしくは真田楓さん以外には知りえない情報というわけですな」

赤坂刑事がポンと手を叩き、納得した表情を見せた。春の推理が的を射たものであると感心したのと同時に、事件を必ず解決に導かなければならないという使命感を読み取った。

しかしアミは、春の推理に納得がいかない様子で楓を弁護する発言をした。

「仮に楓お姉ちゃんが犯人なら、自らを犯人と陥れるようなミスをするわけないじゃん。外部犯の犯行に見せかけるのが、最も自分に嫌疑がかからない安全な方法だしね。それに何より合理的じゃないもの」

「アミちゃんの言う通りよ。外部犯の可能性だって考えられるわ」

桐歌もアミの考えに同調して内部犯による犯行ではないことを言及した。

「アミ、犯罪が全て合理的に行われることはない。合理性を上回るほどの動機、殺害方法があるんだ。この事件は間違いなく内部犯の犯行だ。外部犯が開発局内の監視カメラの位置と死角を熟知していたとは考えられない。なぜなら、犯行が全て予定調和に進行しているからだ。俺は盗みに入った泥棒がわざわざ楓の変装をして、真田博士を殺害するというリスクを冒してまで手に入れたい物はないと確信している。しかもまだ明かりの付いた開発局に忍び込むこと自体、普通の泥棒はやらない。金や情報ではなく犯人には別の目的があったと考えている」

春はアミの発言を明確に否定した。

「そうしますと、動機は怨恨または男女間のもつれが妥当ですな」

赤坂刑事は入りもしない情報を付け加える。春は余計な口を挟んでほしくないと思うが、我慢して黙っていた。

「真田博士に特定の交際相手はいなかったと思う。可能性としては桐歌さんがありえそうだけど」

アミは「うーん」と唸ってやはり納得のいかない様子で首を傾げる。

「私と真田局長のことは今関係ないはずよ。それより、犯人はどこへ消えたのかしら？」

あまり触れられたくない話題なのか、桐歌は犯人の行方に論点を摩り替えた。突然の話題変更に動ずることなく、春はしたり顔で答えた。

「犯人は監視カメラに映らないように隠れていただけ。大方、楓が来たところを薬か何かで眠らせた後、殺害時に使用した衣服を着せ、ナイフを握らせるつもりだったってことですよね、桐歌さん」

「そんなのは知らないわ！」

顔を真っ赤に染めた桐歌は、感情を抑え切れず叫んでしまった。追撃のチャンスとばかりに、春は、動揺する桐歌に真田博士殺害後の行動について言及した。

「運があなたに味方したみたいですね。楓が勝手に気絶したんだから。偽装工作はスムーズに完遂できたはずです」

「それは変ですね、桐生さん。我々警察が白井さんの通報を受け事件現場へ来たとき、偽装工作の痕跡は何一つありませんでしたよ。まあ、血痕の付いたカーディガンやスカートをゴミ箱から発見しましたが。なぜか凶器のナイフは現場に放置され、指紋は拭き取られていましたが……」

「それはアミの仕業だ。姉である楓を守るために証拠を消したんだ。警察の捜査をかく乱させるために」

楓を庇うためとはいえ偽装工作をしてしまったアミは、深々と頭を下げて謝罪した。

「本当にごめんなさい。あたしは楓お姉ちゃんが犯人であるわけないって信じていたから。これは楓お姉ちゃんを陥れる罠だと考えたら、身体が勝手に。気づいたときには色々細工をした後でした」

「俺にとっては調査の時間稼ぎになって助かった」

事件を解明するための必要な時間だったと、春はフォローしたつもりが――

「警察は信用ならないとおっしゃるのですかな？」

赤坂刑事は春とアミを鋭利な刃物のような目で視界に捉えた。

「別に他意はない。むしろ、犯人のミスリードを妨害してくれたことに感謝しないといけないと思うが」

春はアミを庇うように立ち塞がり、全く動揺せずに言った。呆れた表情になった赤坂刑事は一度咳払いした後、犯人の行動について質問を投げかけた。

「証拠隠滅は十分犯罪ですぞ。その件はともかく、被害者の遺品の一つであるメモリーカードが粉砕された理由はわかるかね？」

「時間に余裕ができた犯人は、復讐のために真田博士の部屋にあるアミの記憶メモリが入ったメモリーカードを破壊したのさ」

「それだけでは犯人がわざわざハンマーを使って、叩き割った理由にはなりませんぞ。第一、データを破損させたいなら、塩水につけるなどもっと簡単な手段が思いつきそうなものですがね」

赤坂刑事の指摘は尤な意見であり、犯行現場に居座る時間をいたずらに延ばすリスクが存在した。しかし春は犯人が非合理的だったとしても、ハンマーでメモリーカードを破壊する理由について見当をつけていた。

「犯人は真田博士の研究そのものを憎んでいたから、敢えて手間のかかる方法で処分したのさ。桐歌さん、あなたが真田博士を恨む理由には同情しますが、殺人の罪を楓やアミに擦り付けたのは許せません」

「本当によく調べたのね、桐生さん。二日足らずでここまで見抜くとは驚かされたわ。あなたは研究者に向いているわよ。推薦してあげる」

桐歌は額に脂汗をにじませ、感嘆の声を上げた。

「俺一人の力じゃない。楓とアミ、そして真田博士がヒントをくれたから、ここまでたどり着けたんです。一人では完全に負けていました」

「素質があり才能もあるわ。真田親子が気に入りそうな子ね。楓ちゃんが惹かれたのは桐生さんが父親そっくりに見えたかもしれないわね」

真田博士と似ていると言われた春は、眉をぴくぴくと動かしながら、表情筋を固くした。真田博士が自分の未来の姿かもしれないと想像しただけで不快になった。

「話を戻すが、あなたはアミのメンテナンスルームに入ってアミの記憶を改竄した。アミに犯人が楓であると思い込ませるのを目的として。あなたにとって都合のいいデータ以外は消去したんだ」

「だから、あたしは楓お姉ちゃんを疑ってしまったの？」

「その通りだ。犯人による情報改竄の影響により、アミの中で葛藤が起こった。アミの元からある楓の評価と作られた偽りの記憶が交錯して、支離滅裂な言動をしてしまったってところだな」

「仮に私が犯人なら、犯行後の行動も読めるのかしら？」

平静を装うとする桐歌は、苦し紛れに乾いた笑い声を出しながらそう言った。

「推理ってほどのものじゃないですよ。一連の偽装工作を終えたあなたは、何食わぬ顔で自分の研究室へ戻り仕事を再開させた。いずれアミが楓の行方を聞きに来ると踏んで待っていたんです。案の定、訪れたアミを真田博士の部屋に行くように仕向けた。少し誤算だったのはアミが楓を庇い、偽装工作をしたところにあった。

二人がパニックを起こし逃げ出すのを前提に計画を練ったみたいだが、アミの偽装工作が少し計算を狂わせた。そのため、二人が逃げ出すまでの時間を待たなければならなくなった。もし鉢合わせでもしたら、変装時に使用したマスクや時限式装置などの証拠を隠滅する機会を失うことになってしまう。

二人がいなくなったのをしっかり確認した後で、何食わぬ顔で二人と連絡を取り、廃工場へ逃げるように指示した。そして第一発見者を装うために、警察と救急に通報した。警察に事情聴取を受けた際に、真田楓を犯人と思い込ませるように、監視カメラの映像について言及した様子が容易に想像できます」

息を切らせることなく春は滅らず口を叩いた。

「確かに証拠の映像について証言してくださいましたね、白井さん」

赤坂刑事が目を細めて桐歌に語りかけた。

「真田局長の部屋に監視カメラが設置されていたのを思い出しただけよ。他意はないわ」

「あなたのミスリードは本当に見事だった。楓の素顔が鮮明に映った真田博士を刺殺した映像があり、しかも服装や髪形が事件当時と同じ格好だから、アミも警察も楓の犯行だと思い込んでしまったわけです。ここにいる全員があなたに振り回されたんだ。犯人は楓の行動を把握し楓に変装できる背格好が似ている人間、つまり桐歌さん、あなただけです。これでもまだ罪を認めませんか？　あなたの家を調べれば、変装マスクや時限式装置、楓と同じ服が見つかるはず。もうあなたの負けです」

「アリバイ崩しと殺人のトリックは、一理あるかもしれないわね。でも、動機は？　私を犯人と示すなら、ちゃんと説明してほしいわ」

桐歌は納得のいかない様子で空々しく言った。

「動機は楓の母親の敵討ち。あなた方は親友の間柄だった。真田博士の部屋の隣にあった納戸から四人の記念写真が見つかりました。赤ん坊だった楓を抱く楓の母親、右隣に真田博士、左隣に桐歌さん、あなたが笑顔で写っていた。実に仲が良さそうな雰囲気が醸し出されていた。しかし、ここ数年の真田博士の言動からアミの研究が死んだ親友の命を冒涜したように見えたのでしょう。ＡＩが人になる時代の台頭が人間の命の重さを軽くした。それを推進させた真田博士が許せなかった。楓に罪を擦り付けたのは、そんな事実を知らずに父親と喧嘩し続けて現状に甘んじた楓への怒りや憎しみが当てはまるでしょう」

春は顎に手を当て熟考しながら、犯人の動機について述べた。桐歌は憶測で語る春に呆れてしまった様子だ。

「写真だけで動機を構築するなんて想像力が逞しいわね」

「根拠はあります。真田博士のパソコンに人類ＡＩ計画というファイルがあったのは知っていますよね？」

「他人のパソコンを覗き見る趣味はあいにく持ち合わせていないわ」

「何ですかな？　その物騒な名前は」

二人のやり取りを聞いていた赤坂刑事が口を挟んだ。

「真田博士の裏の研究計画書。人の意識や魂を数値化しデータとして新たな生命を宿らせ、現象界の中では肉体が滅びても精神がＡＩの中で残り、永続的に生きられる理論。つまり、不死不老の研究って代物だ」

「まさか、真田博士は楓お姉ちゃんのお母さんを生き返らせるつもりだったの？」

アミはわずかに身体を揺らして髪で顔を隠すように俯いた。

「内容を拝見したが、そんな計画は存在しない。安心してくれ。この計画は真田博士の虚言だよ。だが、実に手の込んだもので、俺も最初は真田博士が本当にマッドサイエンティストだと信じ込まされてしまったよ」

「被害者は何がしたかったのですかな？」

赤坂刑事が両眉を上げて春に質問を投げかけた。

「娘への接し方がわからない不器用な父親が、自分の持てる全ての技術を投資して娘と向き合おうとした結果が、人類ＡＩ計画だ。娘に強く生きてほしいと願う真田博士は、敢えて楓を厳しく理不尽な環境へ追いやった。真田博士なりの家族を想いやった行動だったと思う。それを裏付ける証拠として真田博士の日記とアミの存在がある」

「真田博士が日記を書いていたの？　そんな素振り一度も見たことない」

アミは春の発言に同意することができず、抑揚のない声で呟いた。

「これを見てくれ。真田博士は事件前日まで一日も欠かさず書き留めていた。どのページも楓やアミのことでぎっしり埋め尽くされていた」

春は全員の目の前にＢ５サイズの日記帳を出した。

「それがあたしとどんな関係が？」

「アミの名前の由来を知っているか？　フランス語で友達って意味なんだ」

「もしかして真田博士はあたしのことを楓お姉ちゃんのお母さんの代わりと思っていなくて……」

アミは自分の存在理由が揺らいだかのように、足元がおぼつかなくなる。誰かの身代わりとしてこの世に生を受けたと思い込んでいたアミにとって、春の言葉は目から鱗が落ちる気持ちになった。

「対等な友人としてアミをいつも独りだった私のそばに置いてくれたのよ」

行方不明だった楓が応援を呼びに出た増田刑事と共に、タイミング良く部屋の中へ入ってきた。

「か、楓お姉ちゃん⁉」

「ど、どうして楓ちゃんがここにいるの。行方不明のはずじゃなかったの？」

「やっと帰ってきたか。遅いぞ」

アミと桐歌が口をぽかんと開けて楓を二度見する一方で、春は眉一つ動かさずに冷静沈着な状態で出迎えた。

「本当はもう少し前に戻っていたかったんだけど。入るタイミングを見失ってね」

決まりが悪そうに楓は、舌を出して答えた。

「娘のことが心配でなかったのなら、今まで何もしなかったはず。愛情の裏返しは無関心。少し……いやかなり歪んだ愛情表現だが、この厳しい世界で生き抜くためには必要な通過儀礼かもしれない。優しい楓を想えば、仕方のないことだっただろ？」

「腑に落ちなかったけど、合点がいったよ。本当に不器用な親子で嫌になる。もう少しわかりやすく伝えてほしかった」

父親の真意を理解し晴れやかな顔色になった楓はそう話した。まるで自分は素直に気持ちを伝えられる人間だという言い草に、春は思わず突っ込みを入れてしまった。

「楓も同じぐらい自己表現が苦手だと思うが」

「頑固で偏屈な父親そっくりと言いたいわけなの？」

楓は頬をぷくっと膨らませ、肘を春の横腹にぶつけた。

「それは認めているのと同義じゃないか」

「楓お姉ちゃんは今までどこにいたの？」

満面の笑みを見せるアミは、身を乗り出すような姿勢で元気良く話した。

「桐歌さんに開発局の地下倉庫で監禁されていたのよ。今までの話は桐歌さんが使った盗聴器越しに聞かせてもらったけどね。部屋に戻る途中で増田刑事さんに保護されて今に至るという経緯よ」

「ここで真打ち登場ですな。真田楓さん、あなたのお話もお聞かせくださるのですね？」

「もちろん、犯罪の証拠を持ってきたもの。桐歌さんには悪いけどね」

「楓ちゃん……自首でもしに来たのかしら？」

「逆です。桐歌さんに諦めてもらいに来たんだ。アミはそこに積んである機材を持って。他の人もついてきてね。真犯人の映像を見せてあげるから」

楓はそう言い残すと、踵を返して会議室を出ていった。

「わ、わかったよ。楓お姉ちゃん！」

アミは頼りがいのある姉に戻ったと嬉しそうに話した。そして会議室に置かれた機材を抱えて楓の後ろを歩いていった。

「これが桐生さんのおっしゃる決定的な証拠ってやつなのですな」

「その通りだ。これで事件のピースは全て整った」

赤坂刑事の呟きに対し、春は自信に満ちた表情で頷いた。真犯人の映像を見れば真田博士を殺害したのは誰か一目瞭然だったからだ。

全員で向かった場所は、アミのメンテナンスルーム前の部屋だった。中には机と椅子、テレビとコードにつながれたメディアプレーヤーがあるだけだ。そのコードは、メンテナンスルームまで延長されている。

春と楓を除いた人たちは、脳内で疑問符を浮かべていた。

「アミ、メンテナンスルームへ行くよ。春君、説明諸々よろしくね」

「いきなりどうしたの？　楓お姉ちゃん、ちょっと待って」

楓はアミの腕を引き、そそくさとメンテナンスルームへと消えていった。

赤坂刑事と桐歌はポカンと開いた口が塞がらず、状況を飲み込めていない様子だった。

春は全員がメンテナンスルーム前の部屋に集合したことを確認した後で話を続けた。

「アミと真田博士しか知らなかった事実を明かします。桐歌さん、あなたは知りもしなかったと思いますが、事件当時、真田博士の部屋の監視カメラ以外に犯行現場を撮影した機械があったんです」

「そんなのはただのハッタリよ。真田局長の部屋の監視カメラ以外に存在しないわ。いい加減にしなさい。私が犯人である証拠は開発局内にはどこにもないじゃない。時間稼ぎは無駄よ」

「あなたの言う通り、今までこの場に存在したカメラは連れ去られた。桐歌さん、これでさすがにわかりますよね？」

「まさか⁉ アミちゃんが撮影したと言いたいわけ？ 残念だけど、アミちゃんの記憶メモリは全て破壊されているわよ」

春が想像の範疇を超える推理を話したため、桐歌は目を剥いた。

「でも破損したメモリは全てアミが意識して撮影した記憶だけです。無意識や夢。正確に言えば、メンテナンス中や再起動中の映像が別のフォルダに記録されていたんです。当然、事件当時の動画もね。もう言い逃れはできませんよ」

「本当に傑作だわ。真田局長がそこまでアミちゃんにご執着だったのね。その映像には何が映っていたのかしら？」

手を叩いて桐歌は大声で笑った。その動画に何が記録されているのかわかっている口振りだった。

「ばっちりと映っていますよ。あなたが変装マスクを脱ぎ、楓に偽装工作を施した姿が！」

テレビの液晶画面を指差しながら春は叫んだ。

「……映像を再生するよ」

楓はテレビに犯人である桐歌が被害者を殺害した一部始終と、桐歌が証拠隠滅や偽装工作する様子を流した。

「これはこれは、事件の根底を覆しそうなとんでもない証拠のお出ましですな」

赤坂刑事が心底楽しそうに言った。

「もう私の負けよ。罪を認めるわ。完璧な犯行だと確信してたのに。桐生さんに見破られてしまうとはね」

反論する気力を失った桐歌は、もうだめだと観念した。

自白させることに成功した春は、がくりと肩を落とし顔を下に向ける桐歌を見て、素直に喜べなかった。楓の無実を証明できたのは嬉しいが、桐歌の犯行動機を真っ向から否定できないからだ。

「白井桐歌さん、署までご同行願いますかな」

と、赤坂刑事は部屋のドアを開けた。

「ええ」

桐歌は楓とアミと視線を合わせず、赤坂刑事の後ろを歩いて出ようとする。

「桐歌さん！」

楓とアミの悲痛な声が重なった。

「楓ちゃん、アミちゃん。私を許してと言う資格はないわ。信じられないかもしれないけど、私はあなたたちのお母さんの代わりになりたかったの。でもね、真田局長、正敏さんは決して自分の幸せを望まなかったわ。娘のことしか頭にない馬鹿な人。たとえ相手にされなくても、私にとっては生涯を尽くしたいと誓えるほど魅力的で強い人だったわ」

桐歌の声は今にも消えてしまいそうなほどか細く、今にも消えてなくなりそうに見えた。その姿を最後にしてはいけないと思った楓は、桐歌に写真を見せながら今まで伝えられなかった言葉を紡いだ。

「桐歌さん、間違っているよ。とっくの昔に私もアミも、そしてお父さんも桐歌さんを『お母さん』だと思っていたよ。きっとお母さんだって、天国から笑って見守ってくれていたはず。この写真が教えてくれたんだ」

「これは……この前四人でピクニックに行ったときのものね。全員楽しそうな笑顔をしているわ。相変わらず真田局長、いや正敏さんの笑顔はぎこちないけど」

楓が桐歌の手を握り締めて、感謝の気持ちを伝えた。アミが写真の裏面に小さく書かれた文字を見つけた。

「写真の裏に……家族写真って書いてある。楓お姉ちゃん、この筆跡は真田博士のじゃないの？」

「そうよ。文字ではなく言葉にしていれば、悲劇は避けられたかもしれないね」

楓は写真をまじまじと凝視するアミを横目に、悲しみが入り交じった苦笑いを浮かべていた。

「本当にごめんなさい。私はなんて取り返しのつかないことを。私の方こそ家族から逃げていたのね」

桐歌は両手を顔で覆い、大粒の涙をこぼしながらその場に崩れ落ちた。

「それはお互い様です。私だって誰一人の気持ちも理解しようとしなかった。でもね、桐歌さんの気持ちはちゃんと伝わったよ。自分自身をさらけ出すことで、他人を少しわかり合える。そんな当たり前なことを今まで知らなかったことは恥ずかしいけど、後悔はしてないの。桐歌さん、アミ、ありがとう。こんな私と一緒にいてくれて」

「私だって楓お姉ちゃんに感謝してるんだよ。楓お姉ちゃんがいるから、私が生まれたの。一生懸命にあたしの世話をして色々なことを教えてくれたし。誰にだって渡したくない。世界に一人だけのあたしのお姉ちゃんなんだから!!」

春は、三人が寄り添い、本心でお互いと向き合い、共に膝をついて泣きじゃくる姿を見て、そこにある光景は本当の家族の姿を指し示しているように思えた。

「楓ちゃんとアミちゃんは、血のつながりとか人や機械の垣根とかを越えた立派な姉妹よ。誇りに思ってほしいわ。私、いや私たちの自慢の娘たちだもの」

大粒の涙を流しながら桐歌は、穏やかな笑顔を浮かべた。二人のことを心の奥底から愛していることは、間違いないだろう。

「ありがとう、お母さん。私待っているから」

「あたしも楓お姉ちゃんと協力して頑張るよ！」

三人でそれぞれ別れを告げた後、桐歌は赤坂刑事に誘導されて部屋を出ていった。桐歌は歩くのをやめてふと後ろを振り返り、春に向けて意味深なアドバイスを残して去っていった。

「最後に、桐生春さん。娘たちを救ってくださりありがとうございました。感謝してもしきれないほどです。あの二人の相手をするのは、一筋縄ではいきませんよ。気をつけてくださいね」

「前向きに検討しておきます」

苦笑いを浮かべる春はぎこちなく返答した。

「刑事さん、待ってくださってありがとうございます。今行きますね」

春に別れを告げた桐歌は、廊下で待機していた赤坂刑事に深々と頭を下げた。

「いえ、構いませんよ。パトカーが外で待っていますので、ご同行お願いします」

「わかりました」

と、桐歌が返事をして赤坂刑事と一緒に開発局の外へ出た。

その後、桐歌は増田刑事が運転するパトカーに乗り込んで警察署へ向かっていった。

「誰しもが変化を望んでいたのに、その変化に気づかない。近くにあって当たり前なものや見落とさないと思い込むものほど、よく見えないものかもしれない。チェンジ・ブラインドネス、俺はこの言葉を忘れない」

春はその一部始終を見て、今まで心の中に潜んでいた突っかかりが取り除かれた気がした。

エピローグ

事件に一区切りがつき、三人はみどり公園に足を運んでいた。ここに来た目的は全てを終わらせるためだった。アミが沈黙を破り、本題を切り出した。

「告白の返事を聞かせてもらうよ」

「俺はアミの想いに応えることはできない」

毅然たる態度を見せる春は、アミの告白を情け容赦もなく断った。

「やっぱり、楓お姉ちゃんがいいよね。わかっていたけど、これが失恋。返事をもらった嬉しさと振られたショックのせいで感情が迷子だよ」

アミはあらゆる感情に支配され、機能不全に陥りそうになっていた。初恋は実らないものだと頭では理解できていたが、心では受け入れられなかった。胸が張り裂ける思い、これが失恋の痛みだと初めて知った。

「アミ、頑張ったね。今度は私の番。私、真田楓は初めて春君と会ったときからずっと好きでした。私とこれからの人生を一緒に過ごしませんか？」

アミと同様に振られてしまうのではないかと失恋の恐怖に耐えながら、楓も告白した。春と喧嘩別れして変わらなかった気持ちを素直に伝えたのだ。

「楓の想いにも応えられない。俺は強欲で優柔不断だから」

春はアミの告白と同様に断った。アミは口に手を当て驚愕の眼差しを春に向けた。

「どういう意味？」

耳を疑った楓が春に怒りをぶつけるように詰問した。

断られるにしても、「中学生のときの約束を果たしただけであって、楓に対して恋愛感情を抱いていない」と返事をされると考えていたからだ。

「答えはシンプル。俺は楓もアミも二人とも好きだ。優劣をつけることはできない」

春はどちらか一人を選んで交際する選択肢を取らなかった。その理由は、選ばなかった相手に対する罪悪感があったからだ。どっちつかずの態度を取り、女々しい発言をすることで、二人に失望されようと目論んでいた。

「春さん、男らしくない。サイテー」

「春君は堂々と二股宣言する気なの？」

「その解釈で間違いはない。二人が好きになった男はそういう人間だ。男を見る目がなかったと諦めるのが賢明だと思うぞ」

二人の白い目を気にせず開き直る春に対して、楓とアミがそれぞれ意気揚々とした様子で言った。

「それで引き下がる女じゃないよ。私たちは」

「恋愛は惚れた方が負けって言うしね」

アミと楓が春の腕を片方ずつそれぞれ掴み、上目遣いでぎゅっと抱きしめる。見逃してもらえないと悟った春は顔から火が出るほど恥ずかしい思いで告白した。

「二人の人生を俺に預けてくれ。絶対に後悔はさせない。幸せにすると約束しよう」

「男に二言はないね。私は負けるつもりはないから、アミ」

「あたしだって勝ちは譲らないよ、楓お姉ちゃん」

楓とアミがバチバチと火花を散らしながら春の腕を掴んだ。

「前途多難な関係になりそうだ。でも、ようやく約束が果たせた。今はその喜びを噛みしめよう」

春は過去の自分に別れを告げて、みどり公園を去っていった。楓とアミの手を取り、新しい約束を守るために生きることを誓った。

あとがき

たくさんの本の中から、『チェンジ・ブラインドネス』をお手に取っていただきありがとうございます。

私は以前から「相手を想って行った行動だと一言も伝えず、言っても伝わらないから、こうするしか選択肢がないと思い込んだために起きた悲劇の連鎖」のお話を読んでみたいと探し回りましたが、発見には至らず私自身が作るしかないと思って筆を執りました。

ボタンの掛け違いによって、誤解が生まれ、登場人物たちがネガティブな思考に陥り、相手を想うがゆえに独善的行動や犯罪に出てしまう苦悩を描きました。言わなくても通じることは決してなく、「行動」と「理由」、その二つを言葉にして初めて「相手に伝わる」ことをメッセージに込めました。

主人公の春は考えることが好きで、周囲を見渡せばどこにでもいる大学生。中学生時代の苦い記憶を引きずり、一人で過ごすことを選んだ青年です。殺人事件をきっかけに、春は楓に一方的にした約束を思い出し、過去の自分に向き合いながら奮闘する様子を描きました。

春と楓の仲違いから始まり、楓と真田博士の決裂、アミの決死の偽装工作、真田博士の歪んだ愛情表現、犯人が殺人の動機につながる終着点として、人間は「言葉にしなければ自分の気持ちは伝わらない」としています。

また一つのテーマとして、「ＡＩと人間の違いは何であるか」を取り入れています。それは相手を想い行動し、自分の気持ちを伝えられるかだと考えています。その点、アミは楓を姉と慕い、家族のために危険を顧みない姿から、紛れもなくＡＩから人間へと成長したと共感していただけると幸いです。

本書の出版に関わってくださった全ての方々。感謝の念に堪えません。全ての方々にお礼の言葉を伝えることができず、大変心苦しいですが、本書が出版できたのも、皆様のご協力があったからです。

最後に、読者の皆様、この本をお読みいただきありがとうございます。心から感謝申し上げます。皆様の読書生活により彩りを加えられるように、これからも頑張っていく所存です。

それでは、また近いうちにお会いできることを願っております。

浅野　黒道

著者プロフィール

浅野 黒道（あさの くろみち）

埼玉県出身、在住。
埼玉県の高校を卒業後、心理学を学べる大学を卒業。
私生活が謎に包まれている。

チェンジ・ブラインドネス

2024年6月15日　初版第1刷発行

著　者　浅野 黒道
発行者　瓜谷 綱延
発行所　株式会社文芸社
〒160-0022　東京都新宿区新宿1－10－1
電話　03-5369-3060（代表）
03-5369-2299（販売）

印刷所　株式会社フクイン

ISBN978-4-286-25358-9